まえがき――「無言館」のベンチ

一昨年三十九年八ヶ月の歴史に幕を下ろした「信濃デッサン館」の前庭からは、眼下にひろがる塩田平の風景が、何か小鉢に盛られた盆栽のように眺められたものだが、そこからほんの五百メートル離れた山王山のてっぺんにある「無言館」からみえるけしきは、どこか牧歌的なアンリ・ルソーの樹間風景のようだ。モミや杉の木立ちの向こうがわには、上田市中心街の家並み、そのはるか東の空の下に浅間山や烏帽子岳の稜線がくっきりとうかぶ。

　では、「無言館」の来館者は行き帰りにそのけしきに見とれているかといえば、そうでもない。ほとんどの人が言葉少なく、足もとの石畳をみつめながら悄然と家路につく。館のよこのアプローチには（中古で買った）白いテラス・チェアや、枕木を組んだ粗末なベンチが三つ、四つならんでいるのだが、そこに座っている人の姿をめったに見かけたことはない。

　こうした現象には、「無言館」に設けられたベンチの向きが多少影響しているかもしれない。どのベンチも、四季折々うつくしい信濃路のパノラマには背をむけ、来館者が今出てきたばかりの「無言館」のほうを向いて設けられているのである。

ベンチに座った来館者は、否応なく、ついさっき自分が観てきた画学生のたちの絵と向き合うことになる。

私は時々、そのベンチに座ってボンヤリと「無言館」の建物を眺める。そばに金網のついた小さな吸い殻入れがあるのだが、そこで一、二本、隠れ煙草をするのがたのしみだ。

よく訊かれるのだが、「無言館」は基本的に私のシロウト設計、コンクリート打ち放しの無愛想な平屋建て、建坪百二十坪ほどの建物である。開館してから、「上からみると十字架形をしていますね」だとか、「館内の中央の床が少し盛り上っているのは画学生の魂の象徴ですか」だとかいう感想や質問が寄せられるようになったが、最初から私にそんな美学哲学があったわけではない。すべて理屈がアトからついてきた偶然の産物、一種の超常現象とでもいったらいいだろうか。「戦争」も「平和」も考えず、ただ戦後の経済成長をヤミクモに生きてきた男の底浅と同じように、私の眼にはぜんぶが張り子細工の飾りもののようにみえる。

そんな「無言館」も早や開館二十二年、太平洋戦争開戦の年に生まれ、昭和、平成、令和を流れ流れて七十八歳になった老館主が、「自分が仕出かしてしまった仕事」を呆然自失として眺めている姿は、どこかコミックじみて滑稽だが、私にとっては「自分の生きた戦後とは何だったか」「自分はいったい何者なのか」を確かめる貴重な時間であるともいえるだろう。

私自身で答えを探し出さないかぎり、文字通り「無言館」の画学生の絵は無言のままなのだから。

ここに蒐《あつ》められたエッセイ、十二篇の「無言館の庭から」、二十篇の「雨よ降れ」は、それぞれ「民主文学」に一年、「革新懇ニュース」に約二年連載してきたもの。あらためて読み返してみると、相変らず答えを探しあぐねて行きつ戻りつしている、わが苦闘記録のアンソロジィという他はない。あまり読者が多いとも思えないエッセイに眼をとめて下さり、一冊にして下さった出版先の三井隆典さんには、深い感謝と多少の恨み半々の心境なのである。

「無言館」の庭から◆もくじ

まえがき…………1

第1章　「無言館」の庭から①　戦争と渋柿 ―― 7

戦争と渋柿…………8
K記者との糸電話…………20
「炎上」ごめんなさい…………32
コレクター墜落…………44

第2章　雨よ降れ　その1 ―― 57

『あん時ゃどしゃぶり』／未だ桜は散らず／「余命」について／「文化」

って何？／恥かしながら……／潜伏キリシタン／「言霊」を返せ／「自由席」バンザイ／「乾癖」の話／悼む言葉／引退の季節

第3章 「無言館」の庭から② センセイになる 81

センセイになる………… 82
北の涯ての碑の話………… 94
「令和」とゴリラと発熱………… 107
「ぜんぶ、嘘」？………… 120

第4章 雨よ降れ その2 133

焚火は消えた／微罪の愉しみ／「令和」集団催眠／「そのまま」が好き／「孤独」と健康／筆を折る／「生ききる」とは／「ハンセン病文学」再読／はるかなり「青春」／抱きしめよう／世間の評判

第5章　「無言館」の庭から③　「あの時代」の記憶――――157
あの時代」の記憶……158
「東亜研究所」のこと……170
「檻の中」か、「檻の外」か……182
「センセイ」その後……194
短いあとがき……207

装丁　上野かおる

『民主文学』２０１９年２月～２０２０年１月
『長野県革新懇ユース』２０１８年５月～２０２０年２月

第1章　「無言館」の庭から①　戦争と渋柿

「無言館」とそこに至る「自問坂」

戦争と渋柿

「無言館」の庭から、といっても、まだ「無言館」なる美術館をご存知ない方も多いにちがいない。長野県上田市の郊外、塩田平とよばれるのどかな田園地帯を見下ろす海抜七百メートルほどの山あいに、私の営む「無言館」はある。建坪百二十余坪、上空から見ると十字架形をしているというコンクリート打ち放しの建物で、先の日中戦争、太平洋戦争に出征して戦死、画家への夢を果たすことなく亡くなった画学生たちの遺作、遺品を展示している美術館である。

開館して早や二十一年、十年ほど前に「一般財団法人」の資格を得たものの、いわゆる公的な助成金や税優遇を一切うけていない純民営美術館なので、相変らず経営難に頭をなやます日々である。とりわけ、これからやってくる冬の季節は、来館者の数がガクンと減少するのが例年のならいだ。今のところ、働いてもらっている正職員は三名、その他パート、アルバイトの方が三名、会計士さんにきいたら、わが館の職員さんの給料は、全国的にも下位をあらそう長野県の法定給与ギリギリの額なんだとか。

「無言館」は本館と第二展示館（「オリーヴの読書館」という図書館が併設されている）の二つの施

設に分かれていて、そのあいだには駐車場をはさんで百メートルほどの距離があり、そこからさらに百メートルくらい坂を下ると、シャトルバスのくる市道に出るのだが、最近私はその坂道に「自問坂」という名を付けた。志半ばで戦地に散った若者たちの絵を観たあと、来館された方々が何となく口数少なく下りてゆく坂なのだが、私はその道のわきに、市内の石材店で見つけた首のとれた小さな地蔵を置くことにしたのである。おそらくどこかの寺から引き取られてきた廃仏だろうと思うのだが、肩からスッポリ首の欠けおちた像の形が、まるで戸張孤雁《とばりこがん》かオーギュスト・ロダンのトルソでも思わせるように味わい深く、石材店さんに頼んで地蔵の腹に「自問坂」と彫ってもらったのだ。

もちろんこれは、全国あちこちから足を運ばれる来館者にむかって「自問」をうながすという意味をこめた命名なのだが、「無言館」が「無言館」に対して、あるいは私が私自身に対して「自問」をうながすという意味もふくまれている。

とにかく、自分がつくった美術館でありながら、こんなに疑問符のつく美術館も少ないだろうと思う。

「無言館」を訪れた人の多くは、ここは戦争という不条理な時代に生まれたために、絵を描く歓びと夢を奪われた戦没画学生の無念を伝える美術館であるという感想をもつ。召集令状をうけとった残り時間ギリギリまで、ある若者は妻を描き、恋人を描き、ある若者は敬愛する父や母を、可愛がっていた妹や弟を、そして幼い頃友とあそんだ故郷の山河を描いて戦地に発った。その、いわばかれらの生命《いのち》の証《あかし》ともいえる遺作の前に立ちつくし、ときとして嗚咽をこらえきれない年配の来館者の姿などを見ると、あらためて「無言館」には、かれらの命と才能を無にした戦争の愚かさ、残酷さを伝える使命があることを再確認させられるのである。

だが、いつだったか「無言館」の出口そばに置かれている「感想文ノート」にこんな一文があったことを思い出す。

「館内にじゅうまんしているプチ・ナショナリズムがやりきれなかった。ここに並んだ日本人画学生の前にも、前途ある敵国の芸術家志望の若者がいたはず。日本人画学生ばかりにフォーカスしたこの美術館は、けっきょくは祖国を守るため戦地で死んだかれらを、『英霊』として讃えようとしている美術館なのではないか」

少々負け惜しみめくけれども、じつは「無言館」の前庭に設置されている慰霊碑「記憶のパレット」(現在判明している戦没画学生五百余人の名を刻名している石碑)には、私が書いた「かれらの芸術のために——そして、かれらの銃の前にあったすべての芸術のために」という文言が刻まれているのだが、どうやらこのノートの執筆者はそれを読む前に、あるいはそれを見落して感想を綴られたのだろう。慰霊碑の言葉を読んでもらえれば、館を営む私自身もまた、執筆者と共有する問題意識をかかえている者の一人であることがわかってもらえたと思うのだが。

しかし、この際そんなことはどうでもよい。肝心なのはこの来館者がのべるように、「無言館」にある画学生のなかには「天皇陛下のために死にたい」「鬼畜米英を倒したい」と、自ら出陣を志願し、すすんで絵筆を銃にかえて戦地にむかった若者も少なくないという事実である。べつに私は、来館者がいわれるようなナショナリズムの持ち主ではないけれども、結果として「無言館」が、あの時代の日本の他国侵攻をささえた若者たちの美術館であることはたしかなのだから。

そういう意味からいえば、一番困惑しているのは雲上の画学生たちかもしれない。なぜなら、「無言館」は当の画学生の許しを得て建設された館ではないからだ。たしかに「無言館」は、血縁ある画学生たちを哀惜する遺族、関係者らの思い、何よりあの戦争という時代に対する多くの人々の、もってゆきばのない悔悟や反省のもとにつくられた美術館ではあるかもしれぬが、そこには画家になることを夢みていた当事者たる画学生の意志はまったく反映されていない。この美術館は、死んだかれらに何一つ相談せず、戦後数十年を生きた私たち生者の都合だけでつくられた美術館なのである。

だいたい「戦没画学生慰霊美術館」と銘打っているけれども、「無言館」は美術館なのか、戦争資料館なのか平和祈念館なのか、そのへんからしてきわめてアイマイなのだ。雲上の画学生たちが口をとがらせるのもその点についてだろう。「絵を描くこと」じたいが非国民、国賊とさえよばれていたあの時代、出征直前まで絵筆をにぎりつづけていた画学生たちにとって、自らの自己表現たる作品が、たんに「戦争犠牲者」の遺品として展示されることほど屈辱はないにちがいない。それはもうほとんど、表現者であるかれらに「二度めの死」を強いる仕打ちであるといっていいのではないか。

じゃあ、この「無言館」を設立するにあたって、三年半もの歳月をかけて全国のご遺族宅を訪ねあるき、画学生たちの遺作や遺品を収集した私自身は、そういう問題をどこまで認識していたのかというと、これもまた甚だアイマイなのである。

もともと私はこの土地で、四十年近く前から「信濃デッサン館」(現在無期限休館中)という私設美術館をもう一つ営んでいて、正確にいえば「無言館」は、その分館として建設された美術館だった。「信濃デッサン館」は、私が若い頃から蒐《あつ》めてきた二十二歳、二十歳の若さで大正期に夭折した画家村山槐多や関根正二、戦前アメリカで活躍し帰日中に三十歳で病死した日系画家野田英夫、あるいは戦後まもなく三十六歳、三十八歳で亡くなった松本竣介、靉光といった個性派画家たちの、小さなデッサンや水彩画が展示されている超マニアックな美術館だったのだが、その「信濃デッサン館」が開館十八年めにさしかかったときに、直線距離で五百メートルほどはなれた山王山という里山の頂に建設したのが「無言館」だったのである。

「無言館」建設を思い立ったきっかけは、現在九十七歳、お元気で活躍中の文化勲章受章画家野見山暁治氏と出会ったことからだった。

くわしいことはいくつもの本に書いているので省くけれども、昭和十六年生まれの私は典型的な戦後の高度経済成長世代で、（太平洋戦争開戦直前に生まれていながら）ろくすっぽ戦争体験といえるほどの体験なんかなく、まして美術学校出でもない私には直接的に知る戦没画学生など一人もいなかった。それが、たまたま「信濃デッサン館」で開催した座談会にお招きした野見山氏から、氏の戦地体験（氏は東京美術学校〈現東京芸大〉を繰り上げ卒業後満州〈中国東北部〉に出征するのだが肋膜を患って復員されている）をおききするうち、氏が戦後ずっと胸にひめられてきた「戦死した仲間たちの絵をこのまま見棄てておくわけにはゆかない」といった思いにすっかり共鳴、当時七十三歳だった氏といっしょに全国の戦没画学生のご遺族を訪問する旅をはじめたのだった。野見山氏と出会わなければ、また氏から「生きて還れなかった画友たち」の話をきくことがなければ、私は戦没画学生の絵を探しあるくなんて酔狂な旅に出ることなど思いつきもしなかったろう。

ただ一つ、野見山画伯より二回り近く若かった五十二歳の絵好き男の心にあったのは、戦場のツユと消えた画学生たちは、いったいどんな絵を描いていたのかということへの関心と、もしこの地上からかれらの絵が消滅してしまったら、かれらが「生きて絵を描いていた」事実までもがなくなってしまうのではないかということへの畏れだった。ちょっとカッコよくいうなら、画学生のもう一つの命である作品さえこの世にのこっていれば、画学生たちはまだ死んでいないといえるのではないか、そんな気がしたのだ。瘠せても枯れても自分だって夭折画家の美術館までつくったコレクターの端クレ、放っておけば絶滅してしまう戦没画学生の絵を前に手をこまねいているわけにはゆかない。

　といっても、当初の私には、そうした画学生の絵をあつめて新しい美術館をつくろうなどという気持ちはサラサラなかった。「信濃デッサン館」一つの経営でも四苦八苦している経済状況だったから、そんな大それたことを考える余裕はなかったし、だいいち戦後五十年を目前にしていたその頃、果たして戦中戦時に無名の画学生が描いた絵がどれだけのこっているか、のこっていたにしても、それを所蔵する遺族や関係者たちがそんなにかんたんに手放してくれるものかどうか、まったく予想がつかなかった。まあ、五点でも十点でもあつまったら、「信濃デッサン館」の片隅に「戦没画学生コーナー」でもつくって、そこで少しずつでも紹介してゆけたらといった程度の気持ちだったのである。

　しかし、野見山画伯がご自身の展覧会の準備で忙しくなって戦線離脱、私一人で全国行脚するようになってから、しだいに私の画学生の絵に対する姿勢に変化が生じてきた。それは、全国各地でめぐり会ったかれらの作品が名作だったとか秀作だったからではない。戦況悪化のためにムリヤリ繰り上げ卒業させられ、ほとんど絵を学ぶ時間をあたえられずに出征した画学生たちの作品だもの、とうてい村山槐多や関根正二らの才能におよぶわけはないのだ。私を惹きつけたのは、画学生の絵の出来不出来や、芸術的、技術的な価値ではなかった。見知らぬ画学生の遺作を収集してあるくという、その行為じたいが私の心身を熱くしはじめたのだ。それまで「戦場体験」のある野見山画伯の後ろに従いて、おっかなびっくり遺族宅を訪問していた「戦争体験ナシ」の私の心のおくに、ある種の功名心というか、この遺作収集の旅を自分の終生の仕事にしてみたいという思いがふつふつと湧いてきたのである。

私の気持ちが変わってきたのは、ご遺族から預かってきた画学生の絵が発する「もっと生きたい」「もっと描きたい」という声に衝撃をうけたからだった。何どものべるように、一点一点の絵はけっして完成された作品ではなく、まだまだ発展途上というしかない画家の卵たちの絵だったのだが、かれらが描いた妻の絵、恋人の絵、兄妹の絵、ふるさとの絵一つ一つからきこえてくる「生きたい」「描きたい」という声は鮮烈だった。そしてその声は、それまでノホホンと生きてきた「戦争体験ナシ」の私にむかって、「おまえはどう生きてきたのか」という重い問いを発する声にもきこえたのである。

ことによるとこれは、私が画学生たちの絵を見つけたのではなく、逆にかれらの絵が私を見つけたということなのではないのか。戦後五十年近い年月を、自分という人間が何を考え、何をもとめて生きてきたのかということを、私は今、画学生の絵に発見され見つめられているのではないのか。だとすれば、かれらの絵を収集する旅は、ある意味これまで一顧だにしなかった私自身の戦後、あるいは半生と向かい合う旅になるのではないか、と考えたのはそのときである。

くどくど長くなったが、要するにそうした個人的な思いのもとに、私は三年余にわたって北海道から鹿児島県種子島まで、全国三十七ヶ所におよぶ画学生の遺族宅を訪ねる旅をし、やがて野見山画伯他多くの方々の協力を得て全国から寄附金を募り、一九九七（平成九）年五月に開館したのが「無言館」だったのである。くりかえすなら、私は自身の「戦後」をもう一ど見つめ直すために「無言館」をつくったといってもいいのである。恥ずかしながら、そんなふうに半ば衝動的に「無言館」を建設しちゃった私には、画学生が戦死しなければならなかった戦争という時代の実相とか、遺作を守ってきた遺族たちの心情とか、この美術館が今の世の中にいったいどういう意味をもつのかといったことには、ほとんど頭が回っていなかったというのが本当のところなのである。

そして、皮肉というか天罰（?）というか、そんな不勉強者が「無言館」を開館したとたん、あたかもいっぱしの平和運動のリーダーか反戦活動家のように、「戦争」や「平和」について語る講演会や座談会に引っぱり出されるようになった。毎年終戦記念日の八月十五日前後になると、あちこちのテレビ局や新聞社がやってきて私にインタヴューしてゆく。慣れとは恐ろしいもので、今ではそうしたインタヴューにも、それなりに応じられるようになったのだが、「無言館」に抱いているある種の「後ろめたさ」、「居心地の悪さ」は、開館したときとまったく変わらず私の心のなかにあるのである。

出口そばの「感想文ノート」をめくるたび、私が今もってハラハラドキドキする気持ちをわかってもらえるだろうか。

書いているうちに汗が出てきたので、少し話をかえたい。

シャトルバスが停まる市道から、「無言館」の本館へゆく自問坂をのぼってくると、まず右手に第二展示館（「傷ついた画布のドーム」「オリーヴの読書館」という看板がある）の建物がみえてくるのだが、その建物に沿った小路の突きあたりに一本の柿の木がある。ふだんは目立たない背低い柿の古木だが、秋が深くなってあたりいちめん落葉色に染まる頃になると、細い枝々にオレンヂ色の果実をたわわに実らせる。ところが、この柿がとんでもない渋柿で、ひとくち食べただけで口がヒン曲りそうな味なので、どうやらいつもやってくる鴉もあまり近寄りたがらない気配なのである。

その柿の木について、最近こんな手紙をもらったので紹介したい。

突然見も知らぬ者からの便りをお許し下さい。

老生は当年八十二歳、戦争中信州臼田町に学童疎開していた経験があり、かねてより一ど貴館を訪ねたいと思っていたところ、このたび娘夫婦が運転してくれて、老妻とともに念願だった戦没画学生の絵を観ることがようやく実現し、感慨深い時間をすごしました。あの戦争がいかに多くの若い才能ある人々の夢を奪ったかと、あらためて身の震える思いをして帰ってきたしだいです。

ところで、その帰りみち（たしか第二展示館から出てきてすぐのところでしたが）、一本の柿の木をみつけて更に老生の胸は熱くなりました。といいますのは、昭和十七、八年の小学生時代、疎開していた臼田町の小学校の校庭で、級友と柿の木にのぼってむさぼるように柿を頬ばった日のことを思い出したからです。懐かしさのあまり、孫に手をのばしてもらって三つ、四つ失敬してきた柿を、東京の家に帰って口に入れましたら、案の定あの頃食べた柿とそっくりの渋柿でした。しかし、あの食糧難時代、食べ物のない都会から腹を空かして疎開してきた子どもにとって、あの渋柿でさえがたまらない美味な果物に思えたことを忘れられません。

お送りしたのは、断わりなく頂戴してきた渋柿を、老妻が焼酎づけにして「甘柿」にしたものです。ほんらい干し柿にするのが正統だと妻は申すのですが、老生の所望で甘柿にしてもらいました。お口に合えばうれしいです。

戦場に散った若き画学生への鎮魂のためにも、また二度とああいう時代を繰り返さないためにも、「無言館」が末永く継続されてゆくことを願っています。どうか、ご自愛のうえご活躍下さい。


臼田町といえば、「無言館」のある上田から二、三十キロほど行った県東端の町で、千曲川西岸の国道ぞいに発展した米よし、酒よしの町だが、たしかに戦時中には都会から多くの疎開の子どもたちをむかえたときいている。戦争真っ只中の昭和十八年に竣工した佐久病院が、戦後若月俊一医師の手で佐久総合病院となり、農村医学、地域医療に先駆的な役割を果したことでも有名で、私も一どご厄介になったことがある。

手紙を読んだあと、包みをあけるとオレンヂ色の柿の欠片《かけら》がぎっしりとつまったビンが出てきた。欠片を一つ口に入れると、とろけるような甘味が一気に口にひろがる。鴉にも嫌われていた渋柿が、こんな美味になるものかとおどろいた。

礼状を書かねばと封筒をひっくりかえすと、住所が東京都杉並区方南町となっている。経済成長めざましかった昭和三十八年、高校を出て生地屋の店員をしていた私が二十二歳で一念発起、小さな飲み屋を開業した世田谷明大前は、甲州街道をはさんで方南町とは目と鼻の先だった。翌三十九年にひらかれた東京オリンピックのマラソンでは、その甲州街道をエチオピアからきたアベベ選手や自衛隊の円谷幸吉選手が力走した。手紙の主は私より五歳ほど先輩だが、もしかしたら、私もいた沿道の見物人のなかにまじっておられたかもしれない。

すっかり甘くなった渋柿は、そんな遠い私の「戦後」から運ばれてきた柿のような気がした。

（2019.2.1）

K記者との糸電話

「私には学歴はないが病歴がある」という名言を口にされたのは、反戦、被差別、沖縄問題などをテーマに、「古都ひとり」や「沖縄の骨」といったいくつもの名エッセイをのこされた随筆家の岡部伊都子さんだったが、たしかに岡部さんは二〇〇八年八十五歳で亡くなられるまで、心臓疾患、肺結核、中耳炎、肝炎、視力障害をはじめ十余におよぶ病の持ち主だった。着物姿や紺絣の作務衣《さむえ》がよく似合うたおやかな和服美人で、お書きになる文章もはんなりとした京ことば、大阪ことばを多用されていたから、尚更その細い小柄な身体がかかえている病とのきびしい対峙がしのばれたものである。

伊都子先生の真似ではないけれど、私もまたどちらかといえば、「学歴」よりは「病歴」のほうに自信のある物書きだ。

じつは「民主文学」編集長の宮本阿伎さんからじきじきにこの連載のご依頼をうけたとき、私はがんの手術のため都内の大学病院に入院していた。美術館から転送されてきた依頼状の返事には、「しばらく旅に出ていますのでくわしいことは帰ってきてからご連絡します」というお茶を濁したような答えしかできなかったのだが、炎暑の只中にあった昨年八月十日に、かなり進行していた皮膚がんの切除手術をうけ、そのあと経過の観察や検査のために十二日間もの入院生活を余儀なくされた。それでなくとも二年半前にはクモ膜下出血でたおれ、そのときは幸い救急車で約三十分後に長野市内の脳外科病院に運ばれて緊急手術、奇跡的に言語にも身体にも障害がのこらず、辛うじて死地から生還してきた臨死体験者である。他にも心臓弁膜症の第二ステージという厄介な病をかかえた七十七歳だったから、今回の皮膚がんにはすっかり落ちこんでしまった。ちょっと大げさにいうなら、この連載をお引き受けするか否かは、自らが自らに「余命宣言」するにひとしい覚悟を要することでもあったのである。

幸いその後にうけたCT検査では、心配されたリンパや肺への転移はないということがわかり、今は何はともあれホッとした気持ちでいるのだが、まだ自分の身体が危険水域にあることに変わりはない。しかし、クモ膜下出血のときにくらべて、ずいぶん自分が「病慣れ」してきたことにも気づく。「生」と「死」の垣根がだいぶ低くなったというべきか、早いはなし、今や手をのばせばすぐ届くところに「人生の終焉」はある、といった心境になっているのである。

当然のことながら、そうした病を経験するたびに、私はもうムダな時間を生きたくない、生きるからにはムダではない時間を生きたいという思いがふつふつと湧いてくる。書くこともそうだし、本を読むこともそうだし、絵を見るのもそう、音楽を聴くのもそうだ。これからは命の一滴もムダにはしたくない。


「無言館」にならぶ画学生たちも同じような境地だったろう。

現在百三十名の画学生の、約百七十点の遺作（および遺品）が展示されている「無言館」だが、そうした若者の大半は、東京美術学校（現・東京芸大）や今の多摩美大、武蔵野美大の前身である帝国美術学校等に在学中だった昭和十八年前後、それまであたえられていた「学生兵役免除特権」が撤廃されるにともなって、好むと好まざるとにかかわらず戦地に駆り出され戦死した若者たちだった。召集令状をうけとったかれらもまた、文字通り自らの「余命」の証《あかし》として「絵を描く」という行為をえらんだのである。

「のこっている絵の具をぜんぶ使い切って征《ゆ》きたい」（渡辺武・昭和二十年沖縄首里で戦病死・享年二十六）、「戦争さえなければ絵だけでなく映画の台本も書きたかった」（片桐彰・昭和十九年マリアナ諸島で戦死・享年二十一）、「海辺に寄せる波をみていると、人間はなぜ戦争をするのだろうと考えてしまう」（高橋良松・昭和二十年ニューギニア・ムッシュ島で戦死・享年二十七）、「本当は戦争に征《ゆ》きたくない、祖国にのこって作品をつくりたい」（小柏太郎・昭和二十年フィリピン・クラーク地区で戦死・享年二十六）、「あと五分、あと十分、この絵を描かせておいてほしい」（日高安典・昭和二十年フィリピン・ルソン島で戦死・享年二十七）。

遺作にそえられた手記や日記にあるこうした記述を読むと、画学生たちが今わのきわまでいかに「絵を描くこと」を欲し、いかに画布の前に立つことを希《のぞ》んでいたかがわかるというものだろう。

それと、もう一つ、この当時の若者の精神的支柱となっていたのが「読書」であったことにも襟を正させられる。画学生たちが召集令状をうけとったのち、その出征間ぎわまで「絵を描くこと」に心血をそそいだことはもちろんだったが、二番めにかれらがもとめたのは「読書」だった。今や学生の五〇パーセントが年に一冊も本を読まないという時代に生きている私たちからみれば、何ともまぶしい話だが、当時の若者にとって「本を読むこと」は、文字通り自らの知の飢餓をみたしてくれる、何ものにも代えがたい精神の糧であったといえるのだろう。

たとえば、新潟第二師範学校（現・上越教育大学）を卒業後、予備学生として土浦海軍航空隊に入隊、鹿児島県国分基地から九州南方のアメリカ空母艦隊に体当り攻撃し、二十一歳で玉砕死した特攻兵堀井正四は、仄かな陽光にうかぶ故郷の山岳風景「斜光」（緑の樹林と白い山容のコントラストが印象的な絵だ）を描きのこした画学生だったが、鹿児島の営舎にのこされた手記には、「読書に就いて」と題したこんな文章がある。

私は思ふのであります。書物こそは私たちの第一の戀人でなければならないと。この戀人こそは、如何なる人と云へども、志ある者に対しては優しく愛の手を差し伸べて呉れるのであります。學窓に學ぶ身であり乍ら、徒らなる戀に憧れて、一分でもうつろな時間を持つのは愚かである。私達には書物と云ふ、第一の戀人が與へられてゐるではないか、と云いたいのであります。

書物を前に我が魂をふるはせ、全エネルギーをかけ、血を注ぎ心を灼熱せしめ、そして書物の與へる一語々々に耳を傾けて眞理の前に昂奮する刹那々々の喜びを味はうべきでありませんか。書物を愛することを知らない人は、知を愛することを知らない人である。知を愛することを知らない人は、人生を生活してゐない人であると思ふのであります。

勿論読書だけが人生では無い。また凡々の書物で良書と云はるべきものでは無いのであります。書物は洪水のやうに氾濫し、悪書は市に満ちてゐる。落ちる書物選擇の必要、それは云ふまでも無いことであります。（原文ママ）

描きのこした絵と同じように、一言一言に思いの丈をつめこんだような文章だが、「徒《いたず》らなる戀に憧れて、一分でもうつろな時間を持つのは愚か」なんていうところを読むと、おそらく画学生堀井正四の青春には、異性経験とよべるような経験はなかったのではないかと想像する。しかし、明日どうなるかわからない戦時下に生きるかれらには、やはりそれくらい一冊の書物に没頭する時間が、尊く得がたいものだったことはたしかなのだろう。のがれるすべのないあの戦争下、祖国を守るために玉砕機の操縦桿をにぎった堀井正四の、その強靭で一途な意志をささえた最期の一書とはどんな本だったのだろうか。

堀井正四だけでなく、戦地に発ったあとも祖国の家族に、「××の本を送ってくれ」「○○の雑誌を送ってくれ」とリクエストしてくる画学生は多かった。もちろんかれらは絵描きの卵だったから、家族にあてた軍事郵便には、「絵具がほしい」「新しいスケッチブックを」といった注文が主だったのだが、気を利かした家族は、包みのなかに画学生が好みそうな何冊かの書物をそっとしのばせて送ったという。遠く離れた戦地の兵舎で、そんな肉親の愛情に感謝しつつ、むさぼるように哲学書や文学書に読み耽っていた若者たちの姿がうかぶ。

思い出したが、東京帝大（現・東京大学）文学部美術史学科を繰り上げ卒業し、昭和十九年に北支に出征、終戦半月後の昭和二十年八月末、満州（中国東北地方）吉林省で二十五歳で戦病死した丸尾至もそんななかの一人だった。丸尾は同じ帝大卒で趣味人だった父俊彦の影響をうけて、石井柏亭や石井鶴三に師事し、美術、文学の分野に才能を開花させただけでなく、在学中は帝大野球部に所属し、神宮球場での六大学野球大会に何ども出場、堅守、巧打の花形遊撃手として活躍した文武両道の学生だった。その丸尾至が、出征まもない頃父俊彦にあてた手紙にも、過酷な軍隊生活のなかで一途に「書物」をもとめる思いが綴られている。

私は今此の地で、自分の浅学をつくづく悲しんで居ります。然し、向上心を失ってゐませんから、出来るだけやる積りです。何とか御助力下さい。文を書くにも古典籍和漢を知らず、又自分専門である可き美術史に於てすら知識の皆無を喞つ次第字は忘れる否知らない。たゞ鉛筆スケッチをちょっとやる位が能の自分を見出して実に哀れな感じが致します。そんなこんなを考へた末、更にお願ひとして古本屋で折のある時毎で良いですから岩波文庫の本（家にないもの）でしたら何んな方面でも良しいから、汚くても良い、ドンドン買ひ集めて置いて下さい。知識を得るには本の体裁等どうでもよい。岩波は最も安いが今ないですから古本屋で安く買って下さい。知識は汚い本だとて変りませぬ。何年か後にそれを読む日を楽しみにして軍務に励みたいと思ひます故。又、私の将来に資する為、美術の記録（記事）「統計的に取って置いて下されば尚結構」何のでも切抜、書抜きして置いて下さい。（原文ママ）

とにかく、知識に飢え本に飢えているのである。文章一つ書くにも、つくづく自分の浅学無学がわかる。鉛筆デッサンが少し出来るぐらいで自惚れていては、自分自身が哀れに感じられる。どうか父上、私を助けて下さい。岩波文庫ならどんな方面のものでもよいから、たくさん買いあつめて送って下さい。古本屋で安く買ったものでじゅうぶんです。それを読むのを楽しみに、きびしい軍隊生活に耐えてゆきますから……。

おそらく丸尾至にとって（堀井正四もそうだったが）、「本を読むこと」は「絵を描くこと」と同分量の、ともすれば戦争下のなかで見失いつつあった己を取り戻す、自らの「自我」を育む命の水ともいえるものだったにちがいない。生きているかぎり新しい知識を得、深い思索の時をもちたい。絵筆とペンを捨て戦場に立った丸尾至の心には、鬼畜英米の攻撃から祖国を守るという大義と、学問を愛し絵を描きたいという志とがつねにせめぎあっていた。祖国から送られてきた岩波文庫に読み耽けるということは、とりも直さずそうした時代に「流されまい」とする丸尾の精一杯の抵抗だったのである。

さて、がん手術のため新橋の慈恵医大病院に入院していた私の話にもどるのだが、では私はそうした病床にあった十二日間、堀井正四や丸尾至のようにどれほど「一冊の本」をもとめていたかというと、これが甚だあやしいのである。

正直、入院直後はそれどころじゃなかった。全身麻酔とはいえ、手術は痛いのか、それほどでもないのか、これっきりこの世にもどってこられないなんてことはないのか。手術に成功したにしても、これまでと同じような生活ができるのか。哀れ老患者の頭の中はそんなことでいっぱいで、とてもじゃないが画学生たちみたいに、「あの本を読んでおきたい」なんて高尚な願望を抱く余裕はなかったのである。

もっとも、手術が無事に終わって体調が落ちついてくると、いくらか正気を取りもどしてくる。といっても、依然として頭の中にあるのは、今月の銀行の返済をどうするかとか、館員の給料は足りるかとか、近いうちに開催することになっている巡回展覧会はひらけるだろうかとか、書きかけの原稿が〆切に間に合うだろうかとか、そんな現実的な問題ばかりで、あんなに熱をあげていた村山槐多の詩もうかんでこなければ、ゲーテやカフカや芥川龍之介の言葉もうかんでこない。生きているうちに、眼も頭もたしかなうちに、もっと本を読んで勉強しておかなければなんて気持ちはとんと湧いてこない。

つくづく人間とは弱いもので、健康がそこなわれれば、知識の吸収だとか人格の向上なんて二の次になるものだなと、今になってふりかえるのである。

ただ、人間がぜんぶ私のように「弱い」わけではない。生前何かとご指導いただいた作家の中野孝次さんは、二〇〇四年七十九歳で食道がんにより逝去されたが、病にたおれられる前から、古代ローマの哲学者セネカの『ルキリウスへの手紙』を枕頭の一書とされていた。『ルキリウスへの手紙』は、セネカが病のふちにある友人ルキリウスとかわした「死」についての哲学的問答だが、中野さんは亡くなる直前の二〇〇四年五月に、それを『セネカ、現代人への手紙』として岩波書店から上梓されている。没後に出た文春文庫『ガン日記』を読むと、食道がんによって余命一年と宣告された中野さんが、セネカの「運命は誰かに起ることは自らにも起ると覚悟せよ。自分の自由にはならぬもの(肉体も然り)については、運命がもたらしたものとして平然と受けよ。できるなら自らの意志で望むものの如く、進んで受けよ」という言葉に、いかに励まされ導かれ、あたえられた運命を冷静に受けとめる心構えを教えられたかが綴られている。人間は一冊の書物、一つの言葉を感得することによって、こんなにも強くなれるのだという「文学の力」を、中野さんは身をもって実証されたのである。

カフカやノサックなどドイツ文学翻訳の第一人者であり、「清貧の思想」や「ハラスのいた日々」のベストセラー作家でもある中野孝次先生を、私のような風来坊とくらべることじたいが不遜なのだが、それにしてもこういうのを人間力の差といっていいのだろう。

そんな私に覚醒パンチを食らわせてくれたのは、共同通信社の元文化部長で現在は編集委員をされているK記者である。

手術が終わって四、五日した頃だったろうか、K記者から「取材させていただいた記事の連載がようやく終りました」という電話が入った。たまたまリハビリ歩行を終えて、ナースステーション前にある休憩コーナーでパジャマのままボンヤリ外をみていたら、とつぜんポケットの携帯が鳴った。私はまだがんが見つかっていなかった半年ほど前に、K記者が各地方紙に連載をはじめた「生きることばへ―いのちの文化帖」というコラムの取材をうけていたのだが。K記者は私へのインタヴューでスタートしたその連載が、七月二十五日付の三十回をもってようやく終了したことを電話で報告してきたのだ。

「やはりクボシマさんがトップバッターだったことが正解でした。おかげで、ぼくの言いたいことが伝わる記事になりました」

K記者は独特の低いバスで私に礼をのべ、「今度は仕事ぬきで信州に伺わせてもらいますから」といって電話をきった。病気のことはK記者に話していなかったから、K記者は私が上田の美術館で携帯に出ていると思っていただろう。

私はKさんが連載第一回のコラムの冒頭に、こんなリード文を書いていたことを思い出した。

「人は普段、いつもの平穏な日常が続くことを疑わない。だから思いも寄らない病や命の危険に突然直面すると、未来への不安、死への恐怖が避けようもなく広がる。そこで人の生、そして死は、どう見えてくるだろう。その問いに正面から向き合った文化人らの作品を読み解きながら、生きるための希望を探りたい――」

今思えば、何だか哲人セネカをほうふつさせるような文章だったのだが、あの「生きることばへ」は、Kさんにとってよほど思い入れのあるコラムだったのだなと私は思った。私が登場する第一回が終わったあとも、記事が載った新聞を何日分かずつまとめて、信州に送ってきてくれていたので、「無言館」の戦没画学生の話からはじまったコラムが、その後正岡子規が死ぬ直前まで綴っていた「病床六尺」や、広島や沖縄で理不尽な死を強いられた人々の記憶、今も変わらず存在する基地問題の根深さにまでペンがすすめられ、Kさんが並々ならぬ情熱で取材に走り回っている様子がわかった。わざわざ「おかげさまで連載が終了しました」と報告してきたのも、そんなどこか一昔前の記者魂をもったKさんの律儀さの表れでもあっただろう。

そして、そのときふと窓の外をみて、私は入院している慈恵医大病院のすぐそばに、共同通信社の茶色いビル(汐留メディアタワー)が高々とそびえていることに気づいてふしぎな気分になった。もしさっきの電話をKさんが目の前の会社からかけてきたのだとしたら、私たちは子供の頃にあそんだ糸電話でも話せそうな近い距離にいたわけである。私ががんの手術で、目と鼻の先の病院でパジャマを着て寝ていると知ったら、Kさんはどんなに驚くだろうかと思った。

だが、私は退院後、別の件で電話をかけてきた共同通信社の同僚記者から思いがけない事実を知らされることになる。Kさんは私に電話をしてきた日から約一ヶ月後の九月十三日、かねてから闘病中だった大腸がんによって亡くなられたという。五十八歳だったそうだ。ということは、コラムのインタビューで「無言館」を訪ねてこられたときには、すでにがんを発症されていたことになる。私たちはおたがいに自分たちのがんを隠し、糸電話で声がきこえるような距離で話をしていたのである。

そのときになって、Kさんがコラムの最終回で「いずれ稿を改め、より広い視野を想定しつつ、人の生と死を考えていきたい」と書かれていたことがせつなく甦《よみが》えって、涙があふれた。

（2019.3.1）

「炎上」ごめんなさい

最初の回でも少しふれているけれど、私はもともと「無言館」を建てる前の一九七九年六月に、すぐそばの真言宗前山寺の参道のわきに「信濃デッサン館」という美術館を開館している。主に大正、昭和期に肺結核や栄養失調で若い命を落とした画家たちのデッサンや水彩画を中心にしたちっぽけな私設美術館で、世間からは「夭折画家の館」とか「夭逝美術館」とか、口悪い仲間からは「早死に美術館」なんて呼び方までされたものだったが、たしかに館にならぶ村山槐多（一九一九年二十二歳五ヶ月で没）や関根正二（同年二十歳二ヶ月で没）、野田英夫（一九三九年三十歳五ヶ月で没）や松本竣介（一九四八年三十六歳二ヶ月で没）らは、九十歳、百歳が珍しくなくなった昨今の長寿社会からみたら、夭折中の夭折といえる画家たちだろう。

その「信濃デッサン館」が、三十九年の歴史に幕を下ろしたのは昨年の三月十五日のこと。前々から（とくに三年前にクモ膜下出血でたおれたあたりから）私の頭のなかに点滅していた思いではあったのだが、ついに刀折れ矢尽きたというべきか、年貢の納めどきというべきか、長年の累積赤字や今後の見通しなどを考えて、やはりここいらで「信濃デッサン館」の活動にはピリオドをうつことにし、あとは残る「無言館」の運営に全力をかたむけるべきではないかというのが、館主である私の出した結論だったのだ。

不得手なホームページの作成に手間取ったり、メディアへの告知が遅くなったりしたこともあって、これまで「信濃デッサン館」を陰に日なたに応援して下さっていた人たちには、文字通り寝耳に水というか、あまりにとつぜんの閉館宣言になったといっていいだろう。少々大仰な言い方をするなら、全国の「デッサン館」ファンにとっては、まさに青天の霹靂、天地鳴動といっていい落胆と失望をあたえる知らせとなったのだ。「なぜ辞めるんだ」「夭折画家への愛情がなくなったのか」「あまりに急じゃないか」等々、抗議電話や悲憤、慨嘆の手紙が私のもとに殺到したのも、三十九年という館の歴史からすれば当然のことだったかもしれない。とにかく、近頃席巻のSNSふうにいうなら、「信濃デッサン館」の閉館を惜しむ声、歯ぎしりする人々の声で、わが館の郵便ポストはあっというまに「炎上」したのである。

落胆、失望したのは、全国の「信濃デッサン館」信奉者だけじゃなかった。ある意味一番がっかりしたのは、コレクションの蒐集者であり、かつ手弁当で「信濃デッサン館」を建設し、三十九年ものあいだ館の運営に身を削ってきた私自身だった。自分で決心した「閉館」ではあったけれども、努力工夫しだいでもっと続けられたのではないか、館の運営を継続してゆくすべが他にあったのではないかと、今でも未練タラタラ、後悔することしきりなのである。

だいたい万年赤字を閉館の第一理由にしているけれども、それは開館した三十九年前から続いていたことで、昨日今日始まったことではない。人件費や電気代の支払いに窮するたび、倉庫のおくにある未公開の作品を売りに出したり、それを担保に支援者から資金を融通してもらったり、これまでいくどもピンチをのりこえてきたトカゲの尻尾切りの美術館だった。それが今更ここに至って、急に「経営が苦しいから閉める」というのは何となく説得力に欠ける。将来の見通しが暗いというけれど、昨今の美術館業界の状況（ここ何年か美術館氷河期といわれるほどの不況が続いている）を考えれば、年間一万人前後という入館者数はまだ健闘しているほうである。ピカソやルノワールの名品が見られるわけじゃない、大正、昭和のあまり有名でもない夭折画家の遺作のならぶこの過疎地美術館に、まがりなりにも一万人に近い鑑賞者がやってくることは、まだまだこの美術館には「生き残る力」があるという証拠なのではないか。

ただ、さっきいったように、私の頭に「信濃デッサン館」を閉館しようという考えが湧いたのには、その直前におそわれたクモ膜下出血の影響もあった。たまたま記者会見の席上という衆人環視のなかで異変におそわれた私は、居合わせた人の通報で十数分後には救急車で病院に搬送され、長野県下でもゴッドハンドといわれるN医師の執刀による緊急手術が成功、言語にも身体にもまったく障害がのこらず奇跡の生還を果たすことができたのだが、それいらいすっかり健康に自信を失くしてしまった。人間の命には限りがある。いくらがんばってみたって、生きているうちに成し遂げられる仕事には限界がある。「デッサン館」閉館は、そんな心身ともにヘロヘロのコンディションのときに私が下した、ちょっぴりフライング気味な決断だったのである。

今度のがん（前回詳述）でもそうだったのだが、人間は身体がよわってくるとロクなことを考えない。すべてにおいてマイナス思考になる。これまで「信濃デッサン館」と「無言館」を掛けもち経営し（二年前までは東京で五十余年の歴史をもつ小劇場もやっていた！）、どれも大した本ではないけれど、年間何冊かの著書まで出していたあのエネルギーはどこにいったのか。今までフルスピードで突っ走ってきた高速ブルドーザーが、とつぜんエンジンの壊れた軽トラックになって坂道をズリ落ちはじめた感じ。

それと、じつは「信濃デッサン館」の閉館の決意のウラには、直線距離で五百メートルほどのところに開館した「無言館」の存在が大きくかかわっていた。

前にもいったように、「信濃デッサン館」が開館十八年めにさしかかった一九九七年に、分館として開館したのが戦没画学生慰霊美術館「無言館」だったのだが、この新しい美術館の誕生によって「信濃デッサン館」をとりかこむ環境が大きく変わったのである。というより、その「無言館」が予想に反して（?）、あちこちのテレビや新聞に取り上げられ、当初何と年間十万人近い来館者をむかえる大ヒット美術館となったことで、ほんらい本館であるべき「信濃デッサン館」の存在が消しとんでしまったのである。

「無言館」フィーバーのなかで、私は何人もの人から、

「ようやく春がきましたねぇ、これからはデッサン館のほうも無言館の相乗効果をうけて安泰ですねぇ」

とか、

「これで、ご自慢の村山槐多や関根正二のコレクションをたくさんの人に見てもらえますねぇ」

などという祝福の言葉をうけたものだが、事態はまったくちがった方向にすすんだのだ。

それまで少なくとも一万人から一万五千人の来館者をむかえていた「信濃デッサン館」の客足

が、「無言館」ができたことでみるまに急降下、ここ数年間は六、七千人やっとという数にまで激減してしまった。「無言館」に押しかける都会ナンバーの車で、田舎の畔道に渋滞が起こるような現象が起きていながら、僅か五百メートルよこの丘の上の「信濃デッサン館」では閑古鳥が鳴いている。軒先貸して母屋をとられるじゃないけれど、老舗の寿司屋のあるじが、すぐそばにもう一つ支店を出したとたん、そっちのほうに客が殺到しちゃって本店がお手上げ状態、といった状況となったのである。

私はあらためて、「無言館」と「信濃デッサン館」の美術館としての存在意義の違いを考えないわけにはゆかなかった。私はてっきり、「無言館」で戦争で絵描きになる夢を絶たれた画学生の遺作にふれた人たちは、その感動を胸にしたまま、病と孤独にさいなまれながら多くの傑作をのこした村山槐多や関根正二、野田英夫や松本竣介の作品にも同様の関心を寄せてくれると期待していたのだが、世の中そんなに甘いモンじゃなかった。「無言館」にくる人々は「美術」や「絵」に惹かれてやってくるのではなく（なかにはそうした人たちもいるだろうが）、妙な言い方をすれば大半が戦争を観にやってくる人たちだった。団体バスや相乗りタクシーで「無言館」に駆けつけた人々は、ただただ戦争の不条理によって命を絶たれた画学生の不憫に涙し、嗚咽し、「二度と戦争を繰り返してはならない」という思いにひたりながら、駅前のソバ屋さんでソバを食べて帰ってゆくのである。

私は混乱した。

「信濃デッサン館」と「無言館」――この二つの美術館は、限られた生命のもとで画家たちが何をどう描いて生きたかをテーマにした美術館である。村山槐多が死去直前にのこした「いのり」という詩には、「神さま、あと一日私を生かさせておいて下さい。あと一日生きていれば、山が描ける、川が描ける、樹が描ける、また明日も写生をつづけられる」という有名な一節がある。最後の生の一滴までを「絵を描くこと」にそそぎつくした詩人画家ムラヤマカイタの、何という美しい命乞いだろう。槐多に限らず、宿命としての夭折を受容したかれらは、今生きている自らの命をとことん画布にきざみこんで世を去ったのだ。その点では、槐多も戦死した画学生も、「絵を描くこと」に殉じた勇気ある表現者たちだった。いってみれば、「信濃デッサン館」と「無言館」は、そうした若者たちがもつ自己表現への情熱を共有する一心同体の美術館であるといってもいいのである。なぜそれをわかってもらえないのか。

おそらくそこにあるのは、同じ夭折した絵描きであっても、肺結核で生命を失なった槐多、正二たちと、ムリヤリ国家の命令で戦場に駆り出され戦死を余儀なくされた画学生たちの「死」では、まったく死の質がちがうということだろう。深酒と煙草に明け暮れ、自ら結核にむかって突進して行ったかのような槐多らの死は、ある意味芸術家として本望ともいえる「科せられた死」であったが、画学生たちの死は国家の手による「強いられた死」なのだ。その「死」の質の相違が、「無言館」繁盛、「信濃デッサン館」埋没というアンビバレントな現象をつくり出したような気がしてならない。天才槐多、正二の絵にくらべれば、まだ絵描きの卵にもなっていない画学生の作品が未熟であることは明らかなのだが、鑑賞者はそうした絵の出来不出来や芸術的真価よりも、若者たちの未来を断ち切った「戦争」という時代のほうにより多くの関心を寄せたのである。

白状すると、私が「信濃デッサン館」の閉館に踏み切った理由には、この二つの美術館がかかえる一種の矛盾撞着を、私自身が解決できなかったことがあげられるだろう。もちろん閉館のウラには苦しい財政状況もあったし、「信濃デッサン館」を閉じることで「無言館」の経営を安定させたいという計算もあったのだが、それいじょうに私は、自分のつくった美術館が見えないところで火花を散らしているその状況に耐え切れなくなった、というのが本音だったのである。

「信濃デッサン館」の閉館についての報道は、概ねあたたかいものであった。地元紙である信濃毎日新聞は、閉館前日の三月十四日付朝刊に「デッサン館を惜しむ声」という大見出しの記事を掲げ、「周辺にひろがる塩田平の自然をふくめ同館のコレクションは文化財級である」と讃え、「どんな形でもいいから再開してほしい」という来館者の声を紹介していた。同時に、村山槐多や関根正二ら夭折画家について多くの研究書を著されている世田谷美術館々長酒井忠康氏の、「窪島氏のコレクションには勲章をもらうような大家はいないが、早世した天才たちの息吹を感じさせる優品ばかりだ」という論評や、一昨年私の「信濃デッサン館」「無言館」の歩みに焦点をあてた「窪島誠一郎展」を開催してくれた小樽文学館の玉川薫館長の、「デッサン館は世の中にデッサンの価値を知らしめた美術館であって日本の宝であるといってよい」（少々誉めすぎ？）という感想も掲載していた。

閉館当日の夕刻六時、「信濃デッサン館」の正面の扉が閉まるシーンを現場中継したＮＨＫはじめテレビ各局のアナウンサーも、「これまでの同館が果たしてきた活動が終わることには心から淋しさを覚えます」という感傷的なナレーションとともに、閉館を知って鹿児島から駆けつけたというファンが涙ぐみながらインタヴューにこたえる場面を流していた。早いはなし、新聞もテレビも、こぞって三十九年間にわたる「信濃デッサン館」の功績を好意的に紹介してくれたのである。

だが、縷々語ってきたように、そんなふうにこれまでの「信濃デッサン館」の存在価値を讃えられれば讃えられるほど、私の気持ちはふくざつだった。今更どんなに誉められたって遅いし、いったん決意した館の閉館方針に変わりはない。不遜な言い方になるかもしれないが、今となってはこうした「信濃デッサン館」を惜しむ声までもが、全国から殺到する「なぜ辞めるのか」「無責任ではないか」「情熱がなくなったのか」と同質の「炎上」メッセージの一つに思われてくる。こういう言葉をきけばきくほど、譬えようのない無力感におそわれる自分がいるのだ。

口惜しいのは、「信濃デッサン館」を愛する人たちと「無言館」を支持する人とのあいだが、いつのまにかはっきりと分断されてしまったこと。

美術収集の世界では私よりずっと先輩格にあたるあるコレクターが、「信濃デッサン館」の閉館を知ってこんな感想をのべられていたという。

「絵の収集というのはきわめて個人的な営みでね、世のため人のためにやることじゃない。窪島君が戦死した画学生の絵をあつめだしたときには、何となく違和感を覚えたんだが、やはりこういう結果になって残念だね。かれがまだ夭折画家が注目されていない頃から、ひそかに村山槐多や松本竣介や野田英夫のいいものを収集してきたのには感服していたが、あれほどの審美眼をもった人が、なぜ画学生の絵にあんなに夢中になっちゃったのか、今一つ理解できないんだ」

たしかにごもっとも、と先輩の言葉に肯きたいところだが、いやそうじゃない、私にとってはどちらもが「同じ絵」だったのですから、とこたえるしかないのである。

たしかに自分の好きな絵を、けっして潤沢でない資金をやりくりしてコレクションしてゆく喜びは、ある意味ディレッタンティズムの極致といっていいような悦楽をともなう行為だったが、それとはちがった意味で絵と接する喜びをあたえてくれたのが、戦没画学生の作品だった。私に秀れた審美眼などあるとは思っていないが、もし他のコレクターに負けないものがあるとしたら、描かれた絵のウラ側にあるその絵を描いた人間や時代への関心の強さだろう。そうでなければ、私は最初から困難とわかっていた「信濃デッサン館」と「無言館」の二刀流経営になど挑みはしなかったと思う。

そういえば、「炎上」した私の郵便ポストにこんな手紙があった。

今回のデッサン館閉館の報に接し、同じ上田に住む者として、一言お礼を申しあげたくペンをとったしだいです。

私は無言館も好きですが、前山寺の丘から眺める塩田平の風景が好きで、父や母をつれてよく「信濃デッサン館」のカフェを訪れていました。戦争体験のある父は、とくに「無言館」の画学生の絵には思い入れがあったようで、父が「無言館」を観ているあいだ、母とカフェで父を待つのが習わしでした。その父母も相次いで亡くなり、私も仕事先が東京となり、最近は訪問の機会が少なくなったのですが、たまに生家に帰ってくると一人でブラリとデッサン館を訪れ、村山槐多の絵をみて帰ってくることがあります。ですから、そのデッサン館が三月で閉館するということを知ったときには、大きなショックをうけました。

閉館後にも何回か訪ねてみましたが、建物はそのままだし、看板の下に「本日休館」の表示が出ているので、少し安堵を覚えて帰ってくるのですが、今になってみると、私も一ファンとして、デッサン館の存在、魅力を少しでも多くの人に知ってもらうための努力を、もう少しするべきではなかったかなどと思っているところです。

私には絵心などないのですが、デッサン館のコレクションはとてもコンセプト性にすぐれているると感じます。決して大きな美術館ではないのですが、夭折画家の絵をあつめた密度の濃いコレクションであり、塩田平の山ふところという立地にも、何か美術館の存在感のようなものを感じます。

何も経緯を知らない私の勝手な想像ですが、無言館が館主の使命感に基づく美術館だとすれば、信濃デッサン館は館主の趣向に基づく美術館、館主の好きな絵を好きな形で集めた美術館なのではないか、という気がするのです。

あの場所で、無言館、信濃デッサン館を両立させて運営されてきたということは本当に大きなことだと思います。特に私は、デッサン館からは多くのものを与えてもらったと思っています。そう感じているのは私だけではないでしょう。これまでのご努力にあらためて敬意を表するものです。

ながいあいだ、本当にありがとうございました。

書き写しているうちに涙が出てくるような内容だが、郵便ポストの「炎上」のなかにはこんな「いいね！」もあったのである。差出人名に「東京都世田谷在住A・I」とだけ記されたこの手紙を、私は今も後生大事に机の抽き出しに仕舞っている。

私がA・Iさんの手紙に涙ぐむのは、こういう来館者のためにこそわが美術館はあると信じるからである。

戦争体験のある父親が「無言館」に佇むあいだ、子と母は「信濃デッサン館」の喫茶室で休息のひとときをたのしむ。眼の前にひろがるのは一望の塩田平だ。背の壁一つむこうには、会おうと思えばいつでも会ってくれる夭折画家たちの絵がある。自然、人間、歴史、芸術、生命―それらが一体となったこの風景こそが、私がもとめる理想の「美術館」像なのだ。いや、私が「絵とともに生きている」と感じられる時間なのだ。

また先輩から嗤《わら》われそうなので、このへんでやめておくけど。

（2019.4.1）

コレクター墜落

今回も、「信濃デッサン館」の話題でお許しねがいたい。

私が三十九年間経営してきて、昨年三月十五日を以て無期限休館（事実上の閉館）に入っていた私設美術館「信濃デッサン館」のコレクションが、このたび長野県に譲渡されることになった。細かな説明は避けるけれども、これまで私がコレクションしてきた大正、昭和期のいわゆる夭折画家とよばれる画家たちの作品、たとえば村山槐多や関根正二、松本竣介や野田英夫といった個性派画家の作品約三百点が長野県に寄贈され、かわりに主だった作品三十三点を購入してもらうことになったのである。

長野県に作品を譲渡するにあたって、当館からは次のような条件を申し入れた。

三百余点のコレクションを一点も散逸させることなく、未来永劫「信濃デッサン館コレクション」という名称のもと、二〇二一年春善光寺そばにオープンが予定されている「新・長野県立信濃美術館」(仮)の一隅に、それを常設展示する特別室(あるいはコーナー)を設けてもらいたい。そして、これからは県立美術館の手によって、私が五十余年にわたって収集してきた画家のコレクションを、「観ようと思えばいつでも観られる環境」に置いてもらい、同時に私にとってはかけがえのない「信濃デッサン館」という館名を末永く伝承してもらいたい。その二つのことを条件に、私は文字通り身を切られるような思いで作品を手放す決心をしたのである。

この譲渡話は、おととしの春頃から水面下ですすめられてきた計画で、最初は三百余点そっくり一括して県に購入してもらえないかというのがこちらからの希望だったのだが、作品のなかにはその折々で資金を用立ててくれた親族や協力者らの所蔵品になっているものもあり、また「信濃デッサン館」という施設が、現在営まれている戦没画学生慰霊美術館「無言館」とともに、十数年前に一般財団法人という資格を得ている組織であることもあったりして、仮にそれらをぜんぶ県に買ってもらうこととなると、広範囲の人々に納税義務が生じてしまうことなど、ほかにも多方面に種々な影響や問題がでてくることが予想されたので、けっきょく最終的には一部買い上げ、大半を寄贈するという形に落ち着いたのだった。

そういう面には幼児以下の能力しか持ち合せていない私は、早々と県との交渉役を、現在私のもとで「館長補佐」の役割を担い、「無言館」の理事会のまとめ役を果たしてくれているY弁護士にお願いして、自身はハラハラしながらその推移を見守っているという状況にあったのだが、それにしても今回という今回は、ついこのあいだまで自分の子どものように思っていたコレクションを、いわゆる公的機関に手放すということがいかに面倒で、毛細血管を紐解くような種々の手続きをともなうものであるかを学ばせてもらった。一年半にわたって、最前線で県との交渉にあたってくれたY弁護士（ちょっぴり米倉涼子さん似の女性弁護士さん！）の苦労もまた、並大抵なものではなかったろう。

正直、私はこれまでいわゆる美術品の収集に血道をあげていた先輩コレクターたちの、様々な「最後」というか「結末」というか、「ラスト・シーン」をみてきた。好きな絵や彫刻を夢中でコレクションしてきた趣味人たちが、自らの加齢や経済的な理由等によって、ついに作品を手放さざるを得なくなった末路(?)をいくつもみてきた。

たとえば、私などからみたら「コレクターの神様」とでもいうべきかつての「現代画廊」主、美術エッセイの名作として知られる「気まぐれ美術館」の執筆者である故洲之内徹氏の収集品(海老原喜之助や靉光、松本竣介の優品がそろっていた)は、氏が二十数年前七十四歳で急逝されたとき、ご遺族の意向によって宮城県美術館(仙台市)に一括売却され、そのかわり館内には今や同館の目玉になっている「洲之内コレクション」という特別コーナーが設けられ、日々熱心な洲之内ファンが列をなしている。

また、これも私の先輩コレクターのお一人だが、元ダイエーの副社長をつとめられた大川栄二氏は、さすがに永く経済界を歩かれてきた実業家らしく、ご自分のコレクション(野田英夫、松本竣介を中心とした日本近代美術のいいものが結集していた)の先行きについては早くからテをうたれていて、最終的には氏の生まれ故郷である群馬県桐生市に全作品を寄贈、その条件として桐生市街を一望する水道山の中腹に「大川美術館」を建設してほしいと市に要望、同館のオープン後は、大川氏自身が八十四歳で亡くなるまで館長をつとめられた。

もう一人、福島市で不動産業を営み成功された河野保雄氏は、いっぽうでは多くの音楽論の著書がある音楽批評家としても知られる文化人だったが、早くから絵画収集の道に入られ、ご自分が所有するビルの一かくに自前のコレクション（小品ながら田中恭吉や恩地孝四郎、長谷川利行といったツブ揃いの画家の作品を持たれていた）を展示する「百点美術館」という私設美術館を開設、私も所用で福島にゆくたびに同館に立ち寄り、河野氏が熱っぽく語る美術論、音楽論に聞き惚れたものだった。その河野氏も先年八十歳で他界されたが、ご自身の健康に黄ランプがともりかけた七十代半ばに、コレクションの大半を「府中市美術館」に寄贈（半分買い上げ）することを決意、その後亡くなるまでにあつめた第二期コレクションは、地元の「福島県立美術館」に譲渡された。つまり河野氏が終生を賭してあつめられたコレクションは、現在二つの公立美術館によって丁重に保存、展示されているのである。

さらにもう一つ、私の美術館のある上田の南隣、東御《とうみ》市（旧北御牧村）に建つ「梅野絵画記念館」も、もとはといえば近代絵画のコレクターとして知られた故梅野隆氏の所蔵品（青木繁のデッサンと菅野圭介の秀作がある）を東御市が買い取り、その交換条件として梅野氏の名を冠した市立美術館が開設されたもので、その点では大川美術館と同じケース。こうした形で美術品収集家のコレクションが公立美術館や教育委員会に移譲され、それが基点となって新しい美術館が開館した例は少なくないようだ。

しかし、こうやって一人のコレクターの感性や趣味で選ばれ愛蔵されてきた作品が、けっきょく最後の最後には「公」のものとなってゆかざるを得ないという宿命を思うと、何となくしゅんとした気持ちになる。本来であれば、自分が好きであつめた画家の絵をまとめて県なり市なりが買い上げてくれて、それが一つの「美術館」となって結実されるだなんて、コレクターにとってはこの上ない幸せであるはずなのだが、絵を手放したあとにおそってくるこのしゅんとした気持ちは何なのだろう。

思うのは、絵だとか彫刻だとかいった美術品をあつめる人種には、どことなくヒネクレた変わり者が多いということだ。もちろんここでいうコレクター（収集家）とは、美術品を投機目的で収集したり、税金対策のために買ったりしている人のことではない。あくまでも自分の審美眼によって画家の個性や絵の魅力を見定め、それに貯えをつぎこむ人種のことである。自分の好みに合った絵をみつけると、もう居ても立ってもいられなくなり、借金までしてそれを我がものにしたいという欲求におそわれる。「女房を質においても」なんて言葉があるが、ちょうどそんな感じである。世の中にはそんな困った病気の人がいるのだ。

「コレクター」なる病人の心理を分析するに、とにかくこうした人種は「人とは一味違った絵を持ちたい」、「自分で発見した画家の作品を持ちたい」という欲望に日夜身を焦がしている。気に入った絵、気に入った画家の絵と出会うと、他のことが手につかなくなり何も見えなくなる。大きな家に住みたいとも思わないし、いい背広を着たいとも思わないし、高級な外車に乗りたいとも思わないし、ハワイ旅行をしたいとも思わない。ただただ、自分が好きになった絵が手に入りさえすれば満足な人たちなのだ。ごく稀《まれ》に、大邸宅に住み、株や土地や貴金属をたくさん持ち、高級車を乗り回し、尚かつ骨董品や絵画の収集に精を出しているコレクターもいるにはいるけれども、大抵そうした人たちは「絵」を「資産」の一つと考えているか、「絵を持つこと」で一種のステータスを誇示している人たちである。応接間や床の間に何百万、何千万円もする巨匠の絵を飾って、訪問客にそれとなく自慢してみせたいといったご仁である。だが、今私のいうコレクターはちがう。何しろ病気なのである。だれが見ても欲しがる著名画家や人気画家の作品ではなく、周りの人から「それはだれですか？」ときかれるような、知る人ぞ知るといった無名画家の絵が、欲しくて欲しくてたまらなくなる人たちなのである。

恥ずかしながら、私もその一人だったといわねばならない。

私の場合もまた、昭和四十年代初めに東京世田谷に開業したスナックが当たって小金が入ってくると、新宿の「緑屋」という月賦屋や神田の古書店などでみつけた夭折画家の絵に惜し気もなくそれをつぎこんだ（銀座の画廊などは何となく敷居が高くて敬遠していたが）。そのうち、村山槐多や関根正二をもっている好事家や、あまり人に知られていない個性派の絵を専門に扱っている小画廊主たちと知り合い、小さなデッサンや水彩画を分けてもらうようになった。とくに、ぐうぜん京橋のN画廊でみつけた日系画家野田英夫の絵には一目惚れし、わざわざ野田英夫が活躍していたアメリカにまで何回も出かけ、画家を知る縁者を訪ねまわって作品を譲ってもらった。爪に火をともすように稼いだ金を、そうやって自分だけが価値を認める画家の絵のコレクションに費やすわけだから、もちろん妻や家族は大反対だったが、当人の私の心は充実していた。格安飛行機で遠いニューヨークやサンフランシスコへ飛び、ようやくお目当ての野田英夫の絵を手に入れたときには、心底「ああ、自分は生きている」という気がしたものだ。そして、そうした曲折した自己顕示欲というか、夭折画家に対する偏愛が嵩《こう》じて誕生したのが、「信濃デッサン館」だったといっていいのである。

したがって、私が洲之内氏や大川氏や梅野氏といった先輩コレクターたちと多少異なるのは、コレクションを長野県立信濃美術館に手放す以前に、まがりなりにもすでに小さな個人美術館を自身の手で建設していたという点だろう。そんななかで、河野保雄さんは「百点美術館」を自分でつくった人だったから、いくらか私の立ち場に近い人だったかもしれない。福島市内に何十棟ものテナントビルを構え、早くから財をなしていた事業家である河野さんと、若い頃小さなスナック商売で最低限の経済的基盤をつくった私とでは、収集した絵の数や質に圧倒的な差があったけれども。

とにかく、コレクションをたんに私蔵して楽しむだけの人と、自分以外の人に観せるために美術館までつくってしまう人とでは、やはり、コレクションするという行為に対する微妙な姿勢の違いがあるように思われる。いや、雲泥の違いがあるように思われる。一般の人からみたら、手に入れた絵を一人でひそかにながめてニヤニヤしているコレクターも理解しがたいだろうし、借金までして自分の美術館をつくって、人から「感動しました」なんていわれてニンマリしているコレクターも理解しがたい人種だろう。私や河野さんはどちらかといえばそっちのほう、「絵を蒐めている自分の姿」にウットリしているナルシシスト派なのである。

　私が今回のコレクションの譲渡にあたって、長野県に「信濃デッサン館の館名を末永く伝承してもらいたい」という条件を出したのも、あきらかにそんな私のナルシシズム（？）からきたものだった。私は自分があつめた村山槐多や関根正二の作品にも愛着と執着を抱いていたが、それいじょうにそれらの収集品を結集させた「信濃デッサン館」という美術館に誇りと自負を抱いていた。いってみれば、「信濃デッサン館」は、私が槐多や正二の絵を使って描いた「自分の絵」なのである。私は自分のコレクションとともに、その自分が描いた絵であるところの「信濃デッサン館」を、たくさんの人々に観てもらいたかったのだ。ああ、何て恥ずかしいこと！

　そして、私のコレクションにはもう一つこんな側面もあった。

　わがコレクションは、この信州の風土があって初めて生まれたコレクションなのである。前にものべた気がするが、「信濃デッサン館」を建設した上田の郊外塩田平の里は、私の故郷でもなければ親の出身地でもない。あえていうなら、私が関心をもった村山槐多という二十二歳で逝った画家が、青春期に放浪したというだけの土地であり（関根正二や野田英夫も信州野尻湖ふきんを放浪している）、私はそうした画家たちを追いかけてあるく途上でこの地を知ったにすぎない。だが、そうであるだけにこの信州上田は、私の「信濃デッサン館」が誕生するのに不可欠な土地だったといえるだろう。この地でなければ、私がこの地と出会わなければ、「信濃デッサン館」はここにできなかったし、槐多と正二の絵もここになかった。そういう意味では、「信濃デッサン館」のコレクションは、信州の風土と私のタッグ（共同作業）によって収集された作品といえるのである。

じっさい、村山槐多の甥御さん（槐多の弟潤二の長男）であり鎌倉彫りの第一人者だった漆芸家の村山太郎さんは、ご自分の故郷でもある上田に私の美術館ができたことを大いに喜び、「デッサン館は上田以外には考えられない美術館だよ。槐多だってここに収められてホッとしていると思うよ。だいたい槐多の絵は、上田の自然なしでは生まれなかったんだから」といってくれ、ご自分が所蔵していた何点もの槐多作品を、ほとんど無償で館に提供してくださったのだった。そのなかには槐多が京都府立一中時代に好意を寄せていた美少年を描いた水彩画「稲生像」や、代表的な木炭デッサン「信州風景」など、私のコレクションの根幹をなす名品がいくつもふくまれている。また、槐多の十四歳違いの従兄弟にあたり、パリ遊学から帰ったあと上田を拠点に活躍した洋画家山本鼎の長男だった詩人の山本太郎氏が、「この絵はそこにこそあるべき」と格安で譲ってくれた槐多のデッサン「猫を抱ける裸婦」も、永く「信濃デッサン館」の中心的コレクションとして鎮座していた作品である。こうした一連の槐多の絵は、私が収集したというより、槐多が愛した信州上田に絵のほうから自然にあつまってきた作品といえるのではないだろうか。

県との交渉が最終段階に入ったとき、相手がわの県立美術館のM館長が、

「コレクションが我々のものになりましたら、末永く窪島コレクションとして大事に展示してゆくつもりです」

といわれたので、

「いいえ、窪島コレクションでなくてけっこうです。『信濃デッサン館』コレクションでお願いします」

と私が念をおした所以である。

しかし、それにしてもだ。長野県立信濃美術館にコレクションを手放すことが決まったあと、私をおそってきた喪失感の何と大きなことよ。さっき「しゅんとした気持ち」になったといったが、私はここ何ヶ月もその「しゅんとした気持ち」から一歩ものがれられずにいるのである。

どんな理クツをのべようと、私はもはやコレクター失格者である。一心不乱に好きな画家の足

跡を追いかけ、かれらの分身たる絵をあつめ、それを人生の充足としていた自分はもうここにはいない。ちょっと気取っていうなら、コレクションとは「いかに自分が無償の愛に生きられたか」という証《あかし》なのである。社会的な栄誉も、世間的な成功も関係なく、ただ自分が信じた価値に大切なお金を費やし、そこに自己の存在を賭ける歓び。それがコレクションなのだ。にもかかわらず、私は十代の頃から自分が熱愛し慕ってきた画家たちの絵を、根こそぎ「公」に手放してしまった。私の半世紀にわたるコレクター人生は墜落したのだ。

人はいうだろう。

「でも、あなたのあつめた絵たちは、これから長野県立信濃美術館の一隅で、いつまでも生きつづけるのだから幸福じゃないですか。あなたの長きにわたるコレクションの苦労が、ようやく果実を実らせたんです。あなたのおかげで、これから多くの人たちが、村山槐多や関根正二や野田英夫の名作をいつでも好きなときに観ることができるんです。それこそ、コレクター冥利につきる話じゃありませんか」

と。

しかし、私の心に生じた「しゅんとした気持ち」は消えない。何もかも失なってしまった、という喪失感は消えない。もちろん私が血道をあげた画家たちの作品が、公的な美術館（しかも地元長野県の！）の一隅におさめられるということには感謝しているし、安堵もしている。人間の生命に限りがあるいじょう、一市井人が永久にコレクションを私蔵してゆくわけにはゆかないということもわかっている。だが、しかし……ツライのだ。かれらの絵が私の手元から離れてしまったことが、たまらなくかなしいのだ。私は欲張りなのだろうか。

ことに私が一番落ちこむのは、

「今回の譲渡で県から入るお金で、無言館の経営がラクになりますね。戦没画学生の絵の維持のために売却されたわけですから、槐多さんも正二さんも本望でしょう」

といわれたときだ。

いわれるまでもなく、今回の「信濃デッサン館」の売却は、「無言館」の今後を考えての決断であることはじじつなのだが、はっきりそういわれると何となく腹が立つ。何だかそういわれると、「好きな絵を自由にコレクションする歓び」までが、「戦争」に奪われてしまったような、何ともいえない敗北感を覚えるのである。

やっぱり、ヒネクレ者なのかな。

（2019.5.1）

第2章　雨よ降れ　その1

（2018.5〜2019.3）

慰霊碑「記憶のパレット」

『あん時ゃどしゃぶり』

前執筆者の堀井正子先生からバトンタッチをうけたこの欄、タイトルを『雨よ降れ』にした。「雨よ降れ」ときくと、演歌の女王八代亜紀さんが歌っていた『雨の慕情』のあのフレーズ、「雨々、ふれふれ、もっとふれ」を思い出すが、あれはたしか阿久悠さんの詞だったな。

ともかく、今やドシャブリの時代である。ご存知国内政治のていたらく、朝鮮海峡の緊張、混迷をふかめる中東情勢、トランプ政治の暴走等々、どれ一つとっても、叩きつける雨足は止むことがない。降りそそぐそんな不条理な雨に、せめて原稿用紙三枚の傘で対抗しようというのが、この『雨よ降れ』の命名理由である。

そういえば、俳優の加藤剛さんがずいぶん前に書かれていたエッセイに『あん時ゃどしゃぶり』がある。

一九六〇年六月十六日、東京じゅうに日米安保条約反対の全学連デモが吹きあれ、前日には国会構内で大規模な抗議集会がひらかれ、警官隊がそれに催涙弾を発砲、東大生の樺美智子さんが亡くなった。そのとき加藤さんはなぜかその現場にいて、まだ騒乱のアトの生々しい国会前の広場に立つのだ。

「ちぎれて、ぬれて、重く竿にからまり、旗手を見失なって倒れた旗。プラカード。散乱したレンガ破片。転がった泥靴。それらが六月の雨に冷ややかに打たれている。遠く煙るは国会議事堂。花崗岩の、あのギリシャ風四本柱。人影はない。変に静かだ。(中略)私もまた、この荒涼たる光景の中にぼう然と立ちつくしていた。コートのポケットの中のこぶしを何となく握りしめたまま。」
『あん時ゃどしゃぶり』はそんな加藤さんの、俳優にしておくには惜しいような名書き出しで始まるエッセイなのだが、この文章は、いわゆる政治的な本に寄せられたものではなく、各界の人がファッションについて書いた随筆のなかにあったものなので、ことによると加藤さんとしては、騒乱から一夜明けた国会前にコートの襟を立てて一人立つ、ご自分のダンディぶりを強調するのが目的だったのかもしれない。

　私がこの文章に眼をとめたのは、じつは私もまた一九六〇年のあの日、同じ国会前広場にいたからである。まだ十九歳だった私は、その頃やっていた同人誌の仲間と樺さんが死んだ南通用門近くのデモに参加し、翌日の夕方にもフラフラとそこへきていたのだ。だれかが大音量でながしていたラジオが、深夜の閣議で「今回の騒乱は国際共産主義にいたる破壊活動」という声明が発表されたと伝えていた。

　加藤さんの『あん時ゃどしゃぶり』はこうつづく。

「幕切れは当然筋書き通りにやってくる。安保自然承認。この年、戦い敗れた闘士たちの心は、物憂く、けだるく、やるせない『アカシアの雨』に打たれることになる。」

　今度は『アカシアの雨』である。だが、ふしぎと私には、あの日がそんなにひどい雨だったという記憶がない。もう半世紀いじょう昔の思い出だし、すべてがオボロだ。だいいち加藤さんのように、私はカッコいいコートなんか持っていなかったし。

　ただ、あれから私たち世代は筋目筋目で、「自然承認」というしのつく雨に身体を打たれてきた気がするのはたしかだ。

未《いま》だ桜は散らず

三十九年営んできた「信濃デッサン館」が、財政難からついに閉館を余儀なくされたのは去る三月十五日だったが、半月も経つと前庭のソメイヨシノがちゃんと開花している。桜は何の事情も知らないのである。

思えば、私が若い頃からあつめた大正期の夭折画家村山槐多や関根正二のコレクションをもとに、上田市の郊外前山寺参道のそばに「信濃デッサン館」を建設したのは、昭和五十四年春のことで、私はまだ三十六歳だった。コレクションといっても、高校卒業後、東京オリンピック景気をあてこんで開業したスナックが大当りし、そのアブク銭で買いこんだ趣味の絵だったから、いわゆる大会社の社長さんや財閥があつめた贅沢美術品とはわけがちがう。そんな超マイナーな私設美術館が、何はともあれ四十年近くもやってこられたのは、ひとえに先人が培った信州上田の文化風土と、どれだけ眺めても飽くことのない塩田平の自然の魅力があってのことだったろう。

しかしながら、だ。

三十九年間の「信濃デッサン館」をふりかえると、そこにはつねに「経済」と「文化」、あるいは「公」と「私」の闘いが横たわる。早い話、開館当初年間十万人余の集客を成し遂げた「無言館」に対しては、市は積極的に周辺の環境整備や宣伝につとめてくれたようだが、その「無言館」の生みの親である「信濃デッサン館」への反応は今一つだった。毎年行なわれる諸行事にも、市関係者の姿はほとんどなかったし、案内標識一つつくってもらえなかった。何より仰天したのは、わがコレクションの中枢をしめる村山槐多が、上田とも縁の深い洋画家山本鼎の従兄弟《いとこ》であることさえ知らぬ学校の先生がおられたこと！　ここはホントに「教育県」かいな。

だがいっぽう、そんな「信濃デッサン館」にも、身を粉にして開館を応援してくださった地元有志たちがいた。まず第一に寺の所有地での館建設を許可され、檀家世話人を自ら説得してくれた前山寺の住職夫人守ふみさん、山本鼎や林倭衛《しずえ》の研究で知られる上田市在住の美術評論家小崎軍司さん、ヨソ者の私を自宅に長逗留させてくれた画家矢杉梨洋さん、市に緊急助成金の出動を掛合ってくれた市会議員さん、数えあげればきりがないほどの助っ人がいた。かつてロシア帰りの山本鼎の美術運動構想に共鳴し、「農民美術研究所」の実現に走り回った神川村の山越脩蔵氏や、国分の郵便局長金井正氏と同じように、私にもそんな熱烈伴走者がいたのである。

そうした人たちの多くも、いつのまにか鬼籍に入られた。先日、今は無人の館となっている「信濃デッサン館」の前のベンチで、ぼんやり桜をみていたら、開館時お世話になった方々の顔がうかんで眼がうるんだ。

そのとき思い出したのは、生前親しかった長野市出身の版画家池田満寿夫がいっていた言葉だった。

「信州の土はあまりに豊かなので、周りの人が花に水をあげるのを忘れちゃうんだ。しかし、本モノの文化は水のないところにも育つ」

そうだ、これからが勝負だ、とでもいいたげに桜吹雪が私の頰を打った。

「余命」について

佐藤愛子先生のベストセラー「九十歳、何が目出たい」に倣《なら》えば、「喜寿、何が目出たい」といった心境である。あと半年ほどで私は七十七歳、つまり喜寿になる。

自分の「余命」について考えるようになったのは、二年半前に「クモ膜下出血」でたおれ、約十時間もの手術のすえ辛うじて生還した経験をしてからだ。あ、人間はいつどこで死ぬかわからないのだ、という当り前のことに気付かされたのである。

私の場合、「クモ膜下出血」を発症したのが、多くの記者さんにかこまれた市民集会の席上であったことが幸運だった。正確にいうと、二〇一五年十二月二十三日長野市内で行なわれた「いわさきちひろ美術館」の松本猛氏らが率いる「二〇一六年参議院新安保法反対統一候補擁立のための信州市民の会」の設立発表の会見場で、私はとつぜん頭部の激痛におそわれてブッ倒れたのだ。私はすぐさま救急車で市内のK脳外科病院に搬送され、九死に一生を得た。執刀して下さった先生の話では、アト十分も遅かったらどうなっていたかわからなかったらしい。

そんな経験が、私にあらためて「自分はいつ死ぬのか」、「いつまで生きるのか」といった意識を喚起させることになった。八十近くなって初めて死生観を得たというか、書きものの世界では、しょっちゅう「生」だの「死」だのと語っている人間が、わが身にふりかかった死病の体験によって、言葉や文字ではない正真正銘の死を意識するようになったのである。

ピーポピーポと鳴る救急車に寝かされ、意識がもうろうとしはじめた私が考えたのは、もしこれで自分が死んだら銀行の借金はどうなるのか、今月末の給与の支払いはだれがするのか、携帯に入っている女友達の名を女房が知ったらどう思うだろうかといった甚だ現実的な問題ばかりだったのだが、次に去来したのは「美術館をどうするか」であった。いや実際には、それは私の死後のことだったから、「美術館はどうなるんだろう」、「だれがやってくれるんだろう」というのが正しい問題認識であったろう。私が死んじゃったら「無言館」や「信濃デッサン館」は一体どうなるのか。

要するに、私は「クモ膜下出血」のおかげで、いかに自分の仕事が中途半端で、およそ将来を約束されたものではないことを自覚したのである。どこかで半永久的に持続されるとばかり考えていた美術館が、自分が死んだら一瞬に消滅し、すべてがゼロに帰してしまう運命にあることを知ったのである。

もっとも、ポン友だった俳優の菅原文太さんの口グセは、「先のことを考えたって仕様がない。残るものは残るし、残らないものは残らない」だった。あのシブイ低音でいわれると、何ともいえない説得力があったものだ。菅原さんは二〇一四年夏、八十一歳の生涯をとじる一週間前まで、沖縄の辺野古基地反対運動の演説台に立ち、かなり弱った身体で「絶対に戦争をしちゃいけない」と絶叫されていた。あれは、トラック野郎よりカッコよかった！

残るものは残る、と信じたいのである。

「文化」って何？

毎年「文化の日」には「文化勲章受賞者」が選ばれる。新聞にはよく「文化の向上を目指す」だとか「文化振興策をすすめる」だとかいった言葉が登場する。じゃ、「文化」とはいったい何だろう。

一昔前までは「文化包丁」だとか「文化鍋」、「文化住宅」なんて言葉があったたみたいだが、最近はあまりきかなくなった。辞書でひくと「文化とは、学問、芸術、宗教などの人間の精神の働きによって、新しい価値を生み出してゆくもの」とある。

さしづめ私の営む「美術館」なんかは「文化施設」の最たるものといえそうだが、果たして「新しい価値を生み出しているか」と問われると甚だ心モトない。何から何まで経済優先、利益追求がもとめられる今の世の中では、「美術館」もまた「人の集まる企画」、「人気画家の展覧会」ばかりを追うようになる。早いはなし、「美術館」もまたスーパーやパチンコ屋と同じように、どれだけ人が入ってどれだけ収益があったかで評価されるのである。

しかし、「美術館」は本来、「人を集めるため」だけにあるものではない。無名の作家やこれまで世間に認められてこなかった新しい作家の作品を収集し、展示し、その存在を世に問うという役目がある。花屋に譬《たと》えるなら、よく売れるバラや胡蝶ランだけをならべる店ではなく、まだだれも知らない、だれも手にとったことのない花を顧客にとどけようとするのが「美術館」なのである。

だいたい、そうした文化事業に、「収益」だの「経済効果」だのを期待することがナンセンスなのだ。

私なりに「文化」を定義するなら、そもそも「文化」とはふだん役に立たないシロモノ。美術館でいくら感動的な絵を見たからといって、腹が一杯になるわけじゃないし、コンサートでどんなに素晴らしい音楽にふれたからといって、会社の給料が上がるわけじゃない。「ああ、いい絵をみてよかった」「いい演奏を聴いて感動した」という心の満足を得られるだけである。だが、この心の満足こそが人間の成長に必要なのだ。というか、人生の必需品なのだ。

「文化」は、車のハンドルでいえば「遊び」である。あの右でも左でもないグニュグニュである。あのグニュグニュのゆとりがあるからこそ、車は左にも右にも安全に曲がれるのである。美術、音楽、文学、演劇……それらによって培われる心のゆとりを、もう少し大事にしてもいいんじゃないか。

たしか田中角栄宰相の時代だったと思うが、あるパーティで顔を合わせたフランスの詩人であり文化相だったアンドレ・マルローが、角栄氏にむかってこう言ったという。

「日本には優秀な事業家も政治家もいるのに、なぜ文化を語る人物がいないのか。株価や景気の話をしても、オペラや美術の話題が出ないのがふしぎだ」

そういえば、この国にもかつて、芸術文化をよくする文人政治家が何人かいた気がするが、最近詩人や画家が大臣になったという話はきかないな。

恥かしながら……

恥かしながら、私はワイドショー大好き人間である。毎朝五時半頃から原稿書きをはじめ、七時半か八時頃一段落すると、すぐにテレビのスイッチを入れる。豪雨災害、サッカーW杯、日大アメフト部の反則タックル……ワイドショーは、庶民の関心のあるベスト・ニュースを俎上にあげ、このところ本業ではあまり活躍していない映画監督やタレントさん、何々大学の准教授、きいたことのない評論家やテレビ局お抱えのコメンテーターさんたちが、井戸端会議よろしく延々とそれを論じる。

だが、いくらワイドショー好きでも、一つの話題を同じような切り口でダラダラと討論されると、いいかげんにしてくれといいたくなる。もうちょっと、同じ話題でも違った視点でとらえる意見や提言があってもいいのではないか。

そこで、テレビをプツンと切って、購読している三紙に眼を移すのだが、これまたびっくり、新聞報道もワイドショーと似たり寄ったりの記事である。サッカー日本戦のときなんか、ほとんどの新聞が一面、社会面の大半を使って「ニッポン勝利」「ニッポン善戦」を報じていた。全紙面がスポーツ面と化していたのだ。

その狂騒のスキをぬうように国会で承認された働き方改革やカジノ法案、参院選挙法の改正などの記事は、政治面の片すみに追いやられててんで目立たない。ワイドショー化した新聞各紙は、「W杯のほうが関心が高いから」という理由からか、国民生活に直結する重要問題を、サロンパス二枚分くらいのスペースにつめこんじゃってる。

加計問題の中心人物カケ氏が、W杯や日大のニュースで沸き立っている日を狙って、唐突に記者会見を開いたことには、さすがに多くの識者から?の声があがっていたが、これなども新聞、テレビをはじめとするジャーナリズムの、「伝えるべきことを伝える」気構えのゆるみにつけこんだ悪知恵だったといっていいだろう。

昭和三十年代にテレビが登場したとき、一早く「一億総白痴化」を予言したのは評論家大宅壮一氏だったが、その大宅氏もあんがいテレビ好きだったと仄聞する。何せまだ戦後の混乱から「報道」そのものが確立されていなかった時代のことで、あの頃のテレビの「娯楽」には、焼け跡から立ち上る国民の心を慰撫するという大義があった。私もその頃、街頭テレビの「プロレス」に興奮し、ラジオの「トンチ教室」に笑い転げていた世代だが、今のようなハチャメチャ言葉のお笑いはなく、アナウンサーの実況中継ももっと正確で落ち着いていたような気がする。

同時に、そうしたテレビ・ラジオ文化に対して、当時の新聞には「活字報道は違う」という明確な衿持があった。いくら大衆がテレビ画面に釘づけになっても、それを側面から冷静に分析し批評するという責務を怠らなかった。そこには、新聞事業に関わる者の、「戦時中の国策煽動の過ちを二どと繰り返してはならない」という覚悟があったからである。

ワイドショー爺《ジ》ジイがいくら叫んでも、何の説得力もないだろうけど、新聞よ、がんばれといいたいのである。

潜伏キリシタン

このあいだ「世界遺産」にきまった「長崎と天草地方の潜伏キリシタン関連遺産」（長崎、熊本）。国連教育科学文化機関（ユネスコ）は、日本政府が提出した「キリシタン信徒が暮していた天草の﨑津集落」（熊本県天草市）や、国内最古の教会で国宝の「大浦天主堂」（長崎市）など十二資産のすべてを、「二世紀以上におよぶ禁教下で信仰を継続してきた独特の宗教的伝統を物語る、他に例を見ない貴重な資産」と高く評価したのだ。これで、わが国内の世界遺産は二十二件め、一三年の「富士山」以降、六年連続での登録となるそうだ。

私がこの世界遺産登録に興味をもったのは、二〇一五年に日本政府がユネスコに推薦したのは「長崎の教会群とキリスト教関連遺産」で、今回晴れて登録となった「潜伏キリシタンの歴史」に重点をおいたものではなかったことだ。ユネスコは、最初日本政府が推薦した内容に対して、「もっと禁教期のキリシタンに焦点を当てたらどうか」と提案し、そのアドバイスをうけた政府があらためて推薦書を提出した結果、めでたく「世界遺産」登録を射とめたというところが興味深かった。

つまり、当初日本政府は「（観光的にも人気のある）異国情緒たっぷりの美しい長崎の教会群」にターゲットを絞り、ユネスコに「世界遺産」認定を申請していたのだが、逆にユネスコ側から「禁教の歴史にこそ価値がある」と指摘され、推薦内容を見直した結果、今回の栄誉を手にしたのである。きびしくいえば、キリシタン信仰の象徴である教会建築に目をうばわれ、そこにある信仰者が生きた「歴史」を見落していたといったらいいか。この認識の相違には、何となく「足元に眠る歴史」を軽んじがちな日本人特有の価値観があるような気がするのだが、どうだろう。

　遠藤周作の名作「沈黙」にもえがかれているけれど、「潜伏キリシタン」（別名「かくれキリシタン」）とは、江戸時代の禁教令が明治時代に入って解かれてからも、弾圧下での信仰形態をつづけたキリスト教信者をいう。原城跡（南島原市）、中江ノ島（平戸市）、久《ひさ》賀《が》島（五島市）、頭ヶ島《かしらがじま》（新上五島町）、野崎島（小値賀町）など十二ヶ所の小集落で、仏教徒などを装いながら、心のなかで十字を切りつづけた「潜伏信仰」の歴史は、人間が自らの思想信条をどんなふうに守りぬいたかを次代に伝える不屈の営みでもあった。そう、潜伏キリシタンとは、禁教下における信者の生きざまを、信者自身の「自分史」として、後世にのこそうと試みた伝導者でもあったのである。

　それにしても、「潜伏キリシタン」、「かくれキリシタン」、何んてカッコイイ響きなんだろう。隠れ里にひっそりと暮らし、同志と固く手をむすび、自己の信念をつらぬいた一群の反骨キリシタンたち。時代の圧力に抗《あらが》い、信じるべきものを信じて生きた気高い信仰者たちの精神性を感じる。

　国会中継なんかみてると、権勢をふるう与党のなかにも何人か、「潜伏反自民」「かくれ反アベ」がいてくれるんじゃないかと、ちょっぴり期待してしまうのだが。

「言霊《ことだま》」を返せ

近頃すっかり信用を落した言葉ベスト5をあげるなら、「丁寧」「謙虚」「真摯」「正直」「説明」の五つだろうか。一国の宰相たる者が、これらの言葉をペラペラ安易に口にし、挙句にどれ一つとして守ろうとしなかった結果、何だか言葉そのものの力が劣化してしまった感がある。もし言葉に「人格」があったとしたなら（何となくあるような気がする！）、とっくに「丁寧」「謙虚」「真摯」たちのほうから、名誉毀損で訴えられていて可笑しくないのである。

だいたいこの五つとかぎらず、時の政治家や権力者たちによって不用意にもてあそばれ、本来言葉に宿っている「言霊」が命を細らせてゆくのはかなしい。「言霊」とは、読んで字のごとし、言葉にひめられた霊力のことで、発せられた言葉にはそれを実現実行する力がひそむという意味だ。

政治家はさかんに「ひたむきに職務を遂行する」とか「不退転の決意で解決に取り組む」などと連発するけれど、それは当事者が心から「ひたむきに」「不退転の」という思いをもったときに伝わる言葉であって、気持ちもないのに口先だけで言いつのっても相手の心にとどくわけがない。所管部署の不祥事に対して、「万死に値する」なんて口をヒン曲げて言っていた大臣が、痛くもかゆくもない給与の一部返上でお茶をにごし、夜の料亭から赤い顔で出てきたりしているのをみると、この人にとっての「万死」とはこの程度のことだったのかとあきれてしまう。

政治家得意の「甚《はなは》だ遺憾」とか「重く受け取

める」とか、「深く反省する」といった常套句にも腹が立つ。不祥事が表立つたびに、長机を二つくっつけて謝罪会見をひらくが、本心から「申し訳ない」「恥かしい」という顔をしている者などめったにいない。だいいち謝罪や弁明のときにかぎって、なぜあんなに早口で手元の紙を読み上げねばならないのか。おそらく事務方から回されてきたのであろう決まり文句の謝罪文を、臆面なくただダラダラ棒読みするかれらには、自分の言葉で自分の思いを相手（国民）に伝えるという、根本的な対話姿勢が欠けているのである。

しかし、文句ばかり言っていてもはじまらない。

こういう政治風土、言語風土を容認し、育ててきたのは私たち国民だからである。何どウソをつかれてもその口ぐるまに乗り、目先の経済や株価ばかりに気を取られるうち、現在のモンスター政権を誕生させてしまったのである。政治家の物言いを批判する前に、私たちはそんな魂胆みえみえのインチキ言葉にひっかかった、自らの不明を恥じなければならないだろう。

それにしても、昔の「ウソつきは泥棒の始まり」だとか、「ウソから出たマコト」だとか、「正直の頭《こうべ》に神やどる」だとかいっていた時代がなつかしい。今や「ウソつきは大臣への早道」、「ウソからもう一つウソが生まれる」といった新コトワザが席巻する世の中である。

私も物書きの端クレ、こうなったら「丁寧」「謙虚」「真摯」さんたちとならんで、国会前で「言霊を返せ！」というデモに加わりたい心境なのである。

「自由席」バンザイ

樹木希林さんと上田駅新幹線ホームの待ち合い室でデートしたことがある。「無言館」の成人式の打ち合せのため、ちょうど金沢であった映画祭の帰りに上田に立ち寄って下さったのだが、一番人目につかずゆっくりできるのはホームの待合室なのだと希林さんはいう。たしかにその通りで、仮に待合室が混んでいても、次の列車がくれば全員乗って行ってしまうので、男女の忍び逢い（?）には最適なのだそうだ。ところがその日は、打ち合せが一段落したところで、急に希林さんが「お腹がへった」といいだし、自分が驕《おご》るから駅前の鰻屋さんに行こうということになった。

そのときの希林さんの話がいい。何でも金沢からは映画会社が新幹線の特等席（グラン何とかいうあの感じの悪い?車輛）をとってくれたのだが、勿体ないので希林さんはそれを「自由席」に変更、ン千円払い戻ししてもらったので、それで私に鰻をごちそうしてあげようという気分になったのだという。

私もふだんから「自由席」派である。

よほど混雑が予想されたり、同行する相手がいたりすれば別だが、めったに「指定席」になんか乗らない。余計な出費もバカバカしいし、だいいち「ここに座りなさい」とJRから命令（?）されている感じがしてイヤである。もう半世紀近く新幹線を利用しているけれど、自分の指定席の隣りに美人が座ったなんて経験は皆無だし、運悪く油ぎったオヤジが競馬新聞を読んでる隣りだったりしたら絶望的である。せめても目的駅に着くまでは、自分がえらんだ席に自由に座っていたいのである（ただし、この場合は隣りに競馬新聞のオヤジがきても文句はいえない）。

しかし、世の中の人の大半は、どうも「指定」されたり、「誘導」されたり、「束縛」されたりするのが好きなようだ。新幹線ばかりでなく、劇場や映画館や野球場でも高い料金の指定席に座りたがる。ま、コンサートやスポーツ見物なら、少しでもいい席から観たいという気持ちはわかるのだが、私はやはりそんな場合でも、なるべく席の移動がラクな「自由席」のほうに座る。とにかく、他人から（あるいは組織や行政から）強制されたり、あらかじめ用意されたりした席に座るのがイヤなのである。

それにしても、どうしてこんなに鉄道会社は「高い席」と「安い席」に分けたがるのだろう。そりゃ商売だから仕方ないよといわれそうだが、せめて一日何本かは（とくに混雑時は）「全席自由」の列車を走らせてくれてもいいんじゃなかろうか。よく利用する東京駅発最終の「あさま」に、一～七号車自由席というのがあるが、もう一息がんばってもらって一～十一号車自由席、最後尾の一輛だけグリーンとかグランクラスとかにしたらどうだろう。それでも、しがみつくように特等席に座り、おしぼりで顔を拭くのが好きな人はいるだろうから、そっちのほうからはもう少し高く取って。

「この国はお金を払えば幸せが買えると思っている人が多いのよねぇ、押しつけられた価値観に従っているのが一番ラクだしね。でも、自由であることいじょうの幸せなんて無いわ」

希林さんが上田駅のホームの待合室で語っていた言葉である。

「乾癬《かんせん》」の話

何年か前、私は「かいかい日記」(平凡社刊)という本を出した。アトピーとならんで根治困難な皮膚病とされる「乾癬」を発症した私が、二十年近くその病に苦しんでいるという本である。

乾癬の患者が、異口同音に訴えるのはその「痒《かゆ》み」のツラサである。手足はもちろん、腰、尻、太腿部、頭皮の表面が赤く盛り上がり、掻くとボロボロと白い鱗屑《りんせつ》(フケのような白いカサブタ)となってはがれ落ちる。乾癬には、尋常性乾癬、乾癬性紅皮症、滴状乾癬など何種類かあるそうだが、関節症性乾癬になると、指の関節が侵されたり変形したり、リウマチのように関節が曲がらなくなる症状もあるという。

さて、五十代の初めに発症した私の場合は、最初はふつうの尋常性乾癬だったのだが、十数年後にはほぼ全身に発疹、カサブタがひろがり、やがてそれが皮膚がんに進行するという最悪のコースをたどった。そして今年八月、ついに上皮がんの切除手術をするという事態にいたったのだが、幸い十一月初めにうけたCT検査では、心配していたリンパや肺への転移は認められないということで、とにかくホッとしているところなのである。

ま、私ほど重症に発展する例は稀《まれ》かもしれないが、この病気の最大の問題は、あまり世間に周知されていないという点にある。「たまらなく痒い」「皮膚がボロボロ落ちてくる」「全身の肌が酷くなる」という多重苦の患者が、男女合わせて何と全国で十万人から数十万人もいると推定されるのに、アトピーとくらべて認知度はひくく、周囲から頭髪部の乾癬に対して「もう少し清潔にしたら」とか「髪の毛洗っているの？」とかいわれて落ちこむ人は多い。一々弁解するのがストレスになり、プールや温泉に行くことができず、夏でも長袖のシャツを着、とうとう床屋や美容院にも行けなくなってしまう人までいる。

また、不幸にも適齢期に乾癬になった女性のなかには

「もう私は結婚できない」

と思いつめて何ども自殺を図った経験をもつ人もいるくらいなのだ。

だが、同じような病名で感染性をもつ「疥癬《かいせん》」とはちがって、ストレスや遺伝子に因があるとされる「乾癬」は、人にうつる病気ではない。また、「乾癬」そのもので死ぬこともない。だから尚更、新薬や治療に対する研究がおくれているともいわれているのだが。

そんな「乾癬」に悩む人に、このあいだの新聞のニュースは朗報だった。何でも人気モデルの道端アンジェリカさんが、ツイッターで自ら「乾癬患者」であることをカミング・アウトし、今や先頭に立って患者を励ます運動に加わっているという。ありがたい話である。

そういえば、たしか作家の吉行淳之介氏も重度の乾癬だった。エッセイ集「樹に千びきの毛蟲」のなかでもくわしくご自分の病状を語られているが、吉行氏のような、銀座のバーでは一番モテモテだったという色男文士が、永年「乾癬」に苦しまれていただなんて俄には信じ難い。それともアンジェリカさんの例もあるくらいだから、「乾癬」は美男美女にしかとりつかない病気なのかしらん。

悼む言葉

去年もまた、ずいぶん多くの友人知己を喪《うしな》った。まるで雑木林の木が一本一本ひきぬかれるように、親しい友人や愛する人の姿が周りから消えてゆく。喜寿ともなった自分の年齢を考えれば、当然のことなのだろうけれども。

大事な人が身罷《みまか》れるさみしさは、テレビや新聞に出る有名人の死に対してだけではない。もう何年も会っていない学生時代の級友や、若い頃同じ職場で働いていた仲間、時々あいさつを交わす程度だった近所の住人等々…その人が亡くなったことを知らず、しばらくしてから人を介して訃に接したりするとよけいに悲しみが深い。あの人と最後に会ったのはいつだったたっけとか、そういえばあんな会話をしたなとか、その時々の相手の顔がうかんできて、何となく一日しんとした気持ちになるのは、だれもが経験することだろう。

ただふしぎなのは、葬儀に参列して遺影にむかって合掌するときには（特に相手が自分より若かったりすると）、「あ、自分にもそろそろ順番がやってくるな」とか「身体には気を付けなきゃな」とか殊勝な気分になるのに、帰ってくるともうケロリと忘れていることである。まだまだ自分だけは生きているという漠然とした希望的観測（？）のもとに、また平気で深酒したり夜更ししたり、飲まなきゃいけない薬を飲み忘れたりしてすごすのである。人間にそなわっている死に対する鈍感さも、じつは一つの生命力であるといった人がいるけれども、なるほどそうかもしれない。

それにしても、いつからそんな習慣がついたのか知らぬが、最近テレビで有名人の葬儀が中継されるたびに、きまってマイクの前で生前親しかった友人の代表が、故人との思い出や哀悼の言葉を長々とのべるあの風景がイヤである。遺影にむかって「○○ちゃん」とよびかけ、思い入れたっぷりに語りかけるあの場面がキライである。当然テレビに写ることを知っているはずだから、家を出る前には何回も練習してきたにちがいない涙声をきいても、ちっとも聞く者の心に届かない。何だか人間の死という厳粛な出来ごとまでが、ショーアップ化され、見世物化されているような気がしてムシズが走るのである。

ほんらい、人を送る言葉は、もっとひそやかに秘めやかに発せられるのが本当だろう。棺に手を合わせ心のなかでそっと「これまでありがとう」「病気つらかったろうね」「安らかにね」とつぶやくだけでじゅうぶんだ。それはけっして、カメラを通じて不特定多数の人々にむかって語られるべきものでもなければ、だいいち人を感動させるために語られるべきものでもないのである。俳優さんやタレントさんにとっては、有名人の葬儀に出るということは、舞台で演技をすることと同じ仕事になるのかもしれないのだが、そうだとしたら何て気の毒な職業なんだろう。

ついでにいうなら、人の一生の重さは、盛大な葬儀や花輪の数できまるものではない。生前出会った人たちの、ほんの何人かの心のなかに「思い出」として残ること。人の一生はそれだけのためにあるのだと思っている。

引退の季節

陛下が「生前退位」の意向をしめされてから、世間では何かにつけて「平成最後の」というフレーズが大流行《おおはやり》だ。昨年大晦日の紅白も「平成最後の」だったし、初日の出も「平成最後の」、好きな女の子に告白のメールを送って返事がなけりゃ「平成最後の」失恋である。

そんなせいか、去年今年は何だかアスリートの引退会見が多かった。サッカーやプロ野球で活躍していたベテラン選手が次々と姿を消してゆく。まだまだやれるんじゃないかと思われる選手もいれば、見ていてもそろそろじゃないかと感じていた選手もいるが、かれらにとってそれは「平成最後の」引退ではなく、「人生一どきり」の引退である。これからの第二の人生の成功を祈りたい。

しかし、私らのような物書きとなると、往生際が悪いというか、あきらめが悪いというか、なかなか引退（筆を折るなんてシャレた言い方もある）という決断をすることができない。それは自分の力の衰えが、アスリートのようにはっきりと「数字」に表われないからでもある。

いくら全盛期にヒットをカッとばしていた選手でも、加齢とともに安打率が落ちてきたりホームランの数がへってきたりして、おのずと自らの「限界」を知ることができるのだが、「物書き」にはそれがない。もちろんベストセラーを何冊出したとか、書店や出版社にどれだけ利益をもたらしたかというのも、職業作家の成績表の一つなのだろうが、それだけで作家は物を書いているわけではないからだ。たとえベストセラーにならなくても、たった一人でも二人でも、本を手にとった読者の人生に役立つものを書くことが、作家のミッションだからである。そうでなければ、百冊近くも本を出していながら、まともに売れた本など一冊もない私なんかは、とっくに引退会見をひらいていていい物書きの一人だろう。

私の場合は、文筆のほかに「美術館経営」という仕事を兼業（どっちが本業かわからないが）しているので、話はいっそうふくざつである。「美術館」もまた物書き同様、なかなか「数字」では表わせない職業だからだ。口の悪い仲間からはよく「人のこない美術館をやっていても仕方ないだろう」なんていわれるのだが、「美術館」の仕事は入館者の数だけで推し測られるべきものではない。一人の来館者にどれだけの感動をあたえられるかが「美術館」の力量なのだ。ピッチャーのスピードガン表示のように、来館者がどの絵をみてどれくらい心をうたれたかがわかる感動測定マシン（？）なんかがあったら便利なのだが。

といったわけで、私の物書き稼業も「美術館経営」も、そんなにあっさり店じまいするわけにはゆかない仕事なのである。だが、私もすでに七十七歳、これから何枚原稿用紙を埋められるか、何年人のこない美術館の受付にすわっていられるかは自分でもわからない（冬は寒さが骨身にしみる！）。けっきょく、自分は死ぬまで「売れない本」を書き、「人のこない美術館」をやってゆくしかないんだろうなと、横目で花形アスリートの引退会見を羨ましくながめている昨今なのである。

第3章　「無言館」の庭から②　センセイになる

信濃デッサン館（休館中）

センセイになる

おどろかれると思うが、本年四月から大阪の小さな短大に「特別招聘教授」として迎えられることになった。おどろかれる、といったのは、私は日頃から「世の中で一番なりたくない職業はセンセイ」とか、「自分が若い人に人の道を説くのかと思うとゾッとする」とか公言してきた男だからである。変節といわれれば、これいじょうの変節はないだろう。

私に「心変わり」を迫ったのは、以前から親しくさせてもらっている元堺市教育委員長で、現在河内長野市にあるT短大の理事長兼学長をされているT氏だった。「クボシマさんのこれまでの美術館人生を本学の教育に生かしていただきたい」、あまりに抽象的な要求だったので黙っていると、「今の本学の学生に一番欠けているのはクボシマさん的な感性なんです」、ますますT氏の言わんとするところがわからない。二流高校をビリケツで卒業するのがやっとだった男に、よりによって喜寿をこえる老人になった今、あれほど嫌がっていた「大学」の教壇に立てというのか。

しかし、T氏には私を「心変わり」させた前歴があった。

T氏は堺市の教育委員長だった頃、全国に先駆け「中学生美術クラブ・グランプリ・イン・SAKAI」という文化事業を立ち上げた功労者の一人で、その審査員のメンバーにゴネる私をひっぱり出し（他には同市出身の人気銅版画家山本容子さん、日本画家の鍵谷節子さんらが参加）、同コンクールを十二年間もつづく名物イベントに育てあげた実績があるのだった。自身も近代美術の逸品を収集する絵のコレクターでもあるT氏が、毎回信州から六時間がかりで展覧会の審査にやってくるクボシマに（十二年皆勤！）、今度は自らが学長をつとめる大学で、たとえ月一回の講義でもいいので教壇に立ってほしいと考えたのは、やはり彼一流の嗅覚というものが働いてのことだったのだろう。

しかし、それにしても、私はかれの大学でいったい何を教えればいいのか。

T氏はこういうのだ。

「無言館に象徴されるように、ほんらい絵というものは何も語らない。しかし貴方はその絵の代弁者として、これまで多くの言葉を人々に伝えてきた。その言葉の力を、本学の学生たちに教えてやってほしいのです」

因みにT氏は私より二、三歳年下、ふだんは寡黙な人物だが、いったん話にギアが入ると早口になる。しかも生粋の関西弁だから、柔らかな口調ながら話に芯があって、何か心斎橋かどこかで悪い宗教でも勧められているような気分になる。

しかも、時としてそれは少々スゴ味さえおびる。

「断わったら、勘弁しまへんでェ」

けっきょく私は、そんなT氏の情熱におされて、今春からの大学通いを承諾することになるのだが、T氏からその話をきいたときにふと思い出したことがあった。

それは、何年か前に山梨県のある高校に講演に行ったときのことである。

その高校は、全校七百人余の生徒のうち女子が七割を占めるミッション系の高校だったのだが、私はそこで一時間半ほどの講演をした。内容のぜんぶは記憶していないけれども、話が終盤にすんだときこんな話をしたのを覚えている。

「キミたちはいったい何のために勉強しているんだろう。将来いい大学にすすむため？　いい会社に就職するため？　お給料をたくさん貰っていい暮しをするため？」

私はそのあと、こういった。

「そうじゃないんだよ。キミたちが勉強しているのはね、将来出会う大好きな人のためになんだ。人はだれでも、人生のうちでかならず大好きな人と出会う日がやってくる。キミたちがこうして本を読んだり、先生の話をきいたりして勉強するのは、そんなやがて出会う大好きな人に、『自分は精一杯がんばった』と報告するためなんだ」

そう話を締めくくったときに、とつぜん一番前にすわっていた一人の女の子が、満場に響きわたるような大声でワッと泣き出したのである。

静まりかえった体育館に、肩をふるわせて慟哭する女の子の声が、糸をひくように流れ、壇上の私もただボウ然とそれを見守っているしかなかった。

あとからきいたところによると、その生徒はいわゆる不登校の子で、たまたまその日は保護者とともに担任教師と面談するために半年ぶりに登校し、そのまま帰宅する予定だったらしいのだが、私の講演会に興味をしめし、自分から「聴きたい」といって一番前の席にすわったのだという。たぶん女の子は、私の「なぜ勉強するのか」という問いに対する答え—「やがて出会う大好きな人に報告するため」という言葉をきいたとき、その言葉がまさにストレートに心に響き、（あくまでも想像だけれど）少女の心にあった何モノかを強烈にゆさぶったのにちがいなかった。「琴線にふれる」という言葉があるが、文字通りその不登校少女にとって、そのとき私が発した言葉は、思わず彼女が号泣するほどの説得力をもつものだったのかもしれない。

もちろん、私は自分の講演が、少女の教育に役立ったなどと自惚れているわけではない。その後の少女がどうなったか知らないし、私の講演をきいたことで、少女の学校生活が改善されたという話をきいたわけでもない。あのときの号泣だって、瞬間的におそった思春期の少女特有の感情の噴出であったということもできるだろう。

だが、私はその山梨の高校での体験によって、あらためて「若者との対話」の可能性に気づかされたのだった。ふだん講演に招《よ》ばれることは多いが、その大半は「無言館」応援者の集まりであったり、コレクターの勉強会であったり、「憲法を守ろう」という団体集会だったり、あるいは（めったにないが）私の本のファンの会だったりである。いってみれば、同じ方向をむき、おたがいの存在を認め合っている仲間ウチで話をするお手盛り「講演会」である。何を言っても肯き、どんな主張をしても賛同し、拍手をしてくれる「予定調和」の集まりなのである。

しかし、若い人たちにそんな「予定調和」はない。忖度《そんたく》もお世辞もない。興味があれば耳をかたむけるが、関心のない話、心に届かない話には背中をむけたままである。それだけに、いったん相手の話に共鳴すると、食い入るように相手をみつめ、全身を耳にしてその言葉をうけとめようとする。件《くだん》の号泣少女も、たまたま聴いた私の「愛する人のために勉強する」という一言に、自身も気づかなかった心の奥にある魂を覚醒させた一人だったのではないかと思う。

私はT氏から「貴方の言葉の力を生徒に教えてやってほしい」といわれたとき、ふともう五年いじょうも前に訪れた山梨の高校で、私の話を聴き泣き崩れたその不登校少女のことを思い出したのである。

T氏の話によると、私を「特別招聘教授」に迎えるT短大は、看護学科と教育専攻科の二コースをもつ大学だが、隣接地に付属高校をもっていて、そこには三学年九百人余の生徒たちが通ってきているという。T氏としては、私に短大生の授業をうけもってもらうかたわら、その高校生にも講義をうけさせたいのだという。

私はそれをきいていて、ことによると自分はこの「新しい仕事」をひきうけることによって、もう一ど自分の心にムチをうてるのではないかという思いをもった。それでなくとも「信濃デッサン館」を長野県に売り渡し、このところ意気消沈気味な日々である。そんなウツ気分を、若い短大生や高校生と会話し対話することで、少しでも軽くすることができるのなら、まんざら「教授」になるのも悪くないんじゃなかろうか。

だが、くりかえすようだが、私には「人に何かを教えた」という経験がない。いわゆる「大学の授業風景」というものも見たことがない。これまで何回か美術大学や専門学校に招かれ、一、二時間講演して帰ってくることがあったが、あれはあくまでも一回ぽっきりの「小レクチャー」というべきものであって、「講義」の態をなしているものではない。そんな自分に、若い学生たちに「新しい知識」や「正しい教養」を身につけさせる講義などできるだろうか。

そこで私がT氏に提案したのは次のような授業プランだった。

まず、講義のテーマは「ことばの力」とする。今やスマホやネットに席巻される時代にあって、若者たちは本当の意味での言葉の存在意義を見失いつつある。SNSの普及などで、安易に他者との交信が可能になったかわりに、自分自身の心にほんらい内在し、醸成されている言葉を発見する力を急速に失いつつある。そんな生徒たちに、一人一人がもつオリジナルな言葉を喚起させ、そうした自分だけの言葉で物ゴトや考えを表現する歓びを知ってもらいたい。

授業の形式だが、私は教壇には立たず、生徒たちにまじって同じ目線のフラットな席にすわり、講義は主に「雑談」「座談」「対話」の形で行なわれる。毎回テーマを決めて（たとえば「いのち」とか「人間」とか「愛」とかいった簡単に答えの出ないテーマがいいだろう）、それについて私もかれらといっしょに考え、思索し、議論する。この際、しゃべりたい者はしゃべればいいし、黙っていたい者は黙っていればいい。「無言館」館主の講義だもの、饒舌より沈黙、無言大歓迎。とにかく毎回一時間半、かれらに言葉を投げかけ、またかれらから投げかけられる言葉をうけとめる。そんな授業をしてみたい。

T氏はいう。

「面白いですねぇ、何かワクワクしてきますねぇ。これまで本学にはそういう授業はありませんでしたからねぇ。ご多分にもれず、本学の生徒たちも今やスマホ漬けの毎日です。私ら指導者もそのことにはずっと頭を悩ましてきました。何しろ、何を見ても『マジ』『ヤバイ』しか口にしない生徒が多いんですから。そんな子たちに、ここで一発クボシマ・パンチを食らわせてやったら、そりゃ効果バツグンだと思いますね」

しかし、新米センセイとしては不安いっぱいである。

コトがそう簡単に運ぶとは思えない。何しろ私は、パソコンもスマホも使えぬ原始人のような男である。その七十七歳の原始人が、私からみれば孫のような（今や新人類の域をこえている）

宇宙人のごとき子どもたちとむかい合うのだ。原始人のくり出すヨタヨタ・パンチが、どこまで宇宙人の心にとどくか自信がない。いつか山梨の高校で経験した「号泣少女との出会い」を、もう一ど正夢にする道は遠いといわねばならない。

T短大とかぎらず、今の若者たちの言語世界には想像を絶するものがある。最近まで美術館にいた二十代前半のアルバイト青年は、美大でデザインを学んでいたというイラストレーター志望の若者だったが、何かにつけて「ヤバイ」の連発だった。村山槐多《かいた》の裸の坊さんの放尿図を見た感想が「ヤバイ」、関根正二の細密デッサンを見た一言が「ヤバイ」、残業手当てが一時間××円くらいだときくと「それ、ヤバイッスよ」、若者たちの言葉表現がいよいよ「ヤバイ」状況になっていることがわかるのである。「マジ」、「ヤバイ」、「カワイイ」、「アザッス」……私はかれらの世界に入っていけるだろうか。

そこで、私はT氏にもう一つ提案する。

毎回講義に入る前に「無言館」の画学生たちの作品を、何点かプロジェクターで紹介してもらうことにする。T短大の生徒たちは、まだ「無言館」にきたことがないし、戦没画学生の絵を見たことがない。そんな学生たちに、志半ばで戦死した画学生の描いた家族の絵、恋人の絵、父や母の絵、故郷の絵を見てもらう。毎回講義の前に鑑賞するそうした画学生たちの絵は、かならずや生徒の心に何らかの「ことば」を生みだす潤滑油となるにちがいない。その際気をつけねばならないのは、私が絵に対して一切解説や説明を付け加えぬこと。その結果、かれらが画学生の絵を見て感じたこと、あるいは画学生たちが戦死せねばならなかったあの時代について感じたことを、自分の「ことば」で表現しようとしてくれたらシメタものだ。

私の講義―「ことばの力」はそこからはじまる。

それはそうと、T短大のある河内長野市とはどこにあるのか。

地理的にいえば大阪府南東部、南を和歌山県と接する人口十万人余りの町で、私の住む上田からのアクセスをいうと、長野から中央本線で名古屋までゆき、名古屋から大阪へ出、JR難波駅から南海高野線に乗って三、四十分かかる町だ。東部を金剛寺や延命寺など真言宗の名寺院を有する金剛山地、南部を和泉山脈にかこまれ、そのあいだを石川とその支流がながれている。市の中心部は、京都からの東高野街道と堺からの西高野街道が合流したところにあり、昔から高野詣での宿場町として栄えた町である。

T氏には黙っていたが、じつは私は十五年ほど前にこの地方を訪れている。その頃書いていた『高間筆子幻景―大正を駆けぬけた夭折の画家』（二〇〇三年、白水社刊）という本の取材で、河内長野市より急行で一駅難波寄りの「金剛」という駅の近くに二泊した。

高間筆子とは、一九〇〇（明治三十三）年に東京下町永代橋畔の回漕問屋の娘に生まれ、洋画家だった兄惣七の影響をうけて早熟な画才を開花させ、妖しい灯影にゆれる隅田川の夜景や自画像などの傑作を描いて注目されたが、一九二二（大正十一）年五月、結核性スペイン感冒の発熱により精神錯乱をきたして二十一歳七ヶ月で自死をとげた女流画家である。その死の翌年の関東大震災によって、生前筆子の描いたすべての作品が焼失されたため、今では彼女の画業をふりかえる手だてが一切のこっていないという悲運の画家でもある。私はその高間筆子が、自ら命を絶つ三日前に、母親のいとと高野山金剛峯寺を詣でた足跡を調べるために、一どこの土地を訪れているのである。

正直、すでに病の兆候があったなかで、その年に同人になった画家集団「地平社」への出品のために不眠不休で制作にうちこんでいた筆子が、なぜとつぜん母いとにむかって「私、空海さんの金剛峯寺をお参りしにゆきたいの」といい出したのかは不明である。資料によると、筆子は新聞の折り込みに地元京橋四日市町内会が主催する「高野山・伊勢神宮・京都嵐山旅行随行団員募集」という広告があるのを見て、ふいに高野山詣でを思い立ったらしいのだが、そこには「地平社」に約束した作品をようやく描き上げた安堵感のようなものもあったのかもしれない。

しかし、「体のほうは大丈夫なのかい」と案じる家族の反対を押しきって、筆子は十日間の日程のその旅行に参加したものの、けっきょくは高野山の宿坊に着いた翌々日に高熱を発して急ぎ帰京、その二日後に永代橋の家の二階から発作的に身を投げて自死するのだ。そのあたりのことを私は『高間筆子幻景』にこう書いている。

高野山には開創以来きびしい女人禁制が敷かれ、一八七二（明治五）年にそれが解かれるまでいっさい女性の入山が許されなかった。ついで一九〇四（明治三十七）年に女性の山内居住が認められ、やがて山内寺院における妻帯や世襲制が一般化し、周辺に役場、学校、病院などが開設されるにおよんでようやく寺町としての概観をなしたが、筆子が参拝をのぞんだ大正半ば頃にはまだそれほど観光地化されてはいなかった。今では、南海難波駅から南海電車高野線で終点の極楽橋駅までわずか一時間余で到着し、そこから山頂の寺町までケーブルカーで五分とかからぬ便利な距離となったが、大正、昭和初期の参詣客は、その数倍の時間をかけて参拝せねばならなかった。たんなるハイキングや寺院見物ではなく、その行き帰りの艱難辛苦が参詣者の精神の修業でもあった。

……弘法大師は、高野のお山に　まだおわします　三会の暁待つ人は　所を占めてぞ、おわします　鶏足山には　摩訶迦葉や高野の山には　大師とか（「梁塵秘抄」）

金剛峯寺、壇上伽藍、奥之院……紀伊国伊都郡海抜九百メートルの山懐に百二十ヶ寺の寺院を擁してひっそりと息づく高野山は、まさしく病苦と制作に疲れきった筆子の魂を癒す、かっこうの聖境であったといえるのかもしれない。

（略）

明け方近くなって、喉の奥から細糸をたぐるような安らかな寝息にかわった筆子が、空海さん、空海さん、南無大師遍照金剛、南無大師遍照金剛……と数日前高野山の遍路でおぼえてきたばかりの弘法大師の法号を口走るのを、母のいとはきいた。いま熱にうなされてねむっている娘は、か細い生命の残り火にうかぶ夢遊のかなたをさまよいながら、あの石灯籠の薄あかりと香煙の中で母親と合掌した高野山の大師御廟での一夕を思い出しているのだろうか、といとは思った。

どこの書評にも取り上げてもらえず、私の本のなかでもとびきり売れなかった本だが、私は今でも高間筆子という画家は好きだし、この『高間筆子幻景』も好きである。

先日、T氏の計らいでT短大、附属高校の先生方が「河内長野市」駅近くの料理屋さんで私の歓迎会をひらいてくれたが、夜更けて酔った足で外へ出ると、たぶん病身の筆子も歩いたであろう（想像です）黒板塀にかこまれた高野街道の石畳の真上に、白い三日月がくっきりとうかんでいた。

もうイニシャルで書く必要はないように思う。私が今春奉職する予定の大学の名は「大阪千代田短期大学」、高校は「大阪暁光高等学校」、T氏から頂いた小冊子には、「当学園は、一九五〇年真言宗盛松寺住職高橋道雄師が、弘法大師空海の教育理念を倣《なら》って開設、最初は高校、幼稚園だけだったが、一九六五年に、弘法大師が目指した『人間教育』をさらに広めるべく短期大学を創設した」とある。

（2019.6.1）

北の涯《は》ての碑《いしぶみ》の話

二〇一五年十月、北海道の南西部積丹半島の付け根にある岩内町の海っぺり、ちょうど岩内湾をへだてた対岸にある泊原子力発電所と向かい合うような位置にある岩内町野束《のづか》の丘に、「三行の希《ねが》い」と銘された石碑が建てられた。高さ三メートル余の碑面に貼られたアルミ板には、

「核」を
絵筆で塗りつぶせ
ペンで書きあらためよ

水上勉

窪島誠一郎

という明朝体の文字が刻まれ、裏面のプレートにはこう書かれている。

われら父子（水上勉・窪島誠一郎）は太平洋戦争下の混乱期に離別し、戦後三十余年ぶりに奇跡の再会を果たした父子である。時に父五十八歳、子三十五歳。父水上勉は生前、故郷若狭に群立する原子力発電所の存在を批判し、子窪島誠一郎は信州上田に戦没画学生を慰霊する「無言館」を建設した。父の代表作「飢餓海峡」の舞台であり、子の妻紀子が生まれ育った郷里であるここ岩内の丘に、われら父子は「三行の希い」を刻んだ一碑を建立するものなり。

建立者　窪島誠一郎

多少とも私の出自や、親子関係について知る人なら、なるほどそういうことかと肯いてもらえる文面だろう。

書いてある通り、これは幼い頃生き別れしていた実父の水上勉と三十五歳になってから再会した私が、（父の死後十年ほど経ってから）地元有志の協力を得て建立した父子連名の石碑である。全国各地に「反原発」「再稼働反対」を訴える同種の碑がどれだけあるかわからないけれども、たぶん画家や作家といった表現者の立ち場から、こうした文言で「核再考」を促す碑は少ないのではないかと思う。

「三行の希い」とは、わざわざ説明することもないが、絵を描いたり文章を書くことを生業にしている者は、人類の生み出した「核」の脅威に対してもっと声をあげ、その危険性を直視し、原発にかわる自然エネルギーによるエコ社会の実現をめざすべきではないか、そもそも絵筆やペンを持つ表現者には、そういう責任と義務があるのではないかというメッセージである。「願い」をあえてルビ付きの「希《ねが》い」としたのは、もはや人類にとって、核廃絶こそが唯一最大の明日への希望になるという確信からだ。

むろん泉下の父の許しは得てある。

水上文学ファンならだれもが知る通り、父は故郷福井県若狭に十一基いじょうの原発が櫛比《しっぴ》する現状を憂い、いつか取りかえしのつかない災厄をもたらすであろうことを危惧し、それをいくつもの小説やエッセイに著わしてきた作家だったが、八年前に起こった東日本大震災や福島第一原子力発電所のメルトダウン（炉心溶融）事故を知らぬまま、二〇〇四年八十五歳で他界している。この碑の文言も、父が元気だった頃京都百万遍の料理屋に連れて行ってもらったときに、二人して店の箸袋のウラに走り書きしたもので、その箸袋を私は何年もポケットに入れて持ちあるき、いつかこの言葉を何らかの形で発表できる機会はないかと夢みていたのだが、話をきいた道内有志の方々が五年前に「碑の会」を立ち上げて寄附金あつめに奔走してくださり、とんとん拍子で泊原発を目と鼻の先に擁する岩内町野束の高台に、この「三行の希い」なる石碑が誕生したというわけなのである。

言い方をかえればこの碑は、生前とうとう父水上勉とは対談集一冊出さずじまいだった不肖の息子が、父の没後十年をへた今になって、ようやく「反核」という父子共有の思いを公にすることができた一世一代のパフォーマンスだったといえるだろう。

もっとも、北の涯《は》ての人口一万ちょっとの寂《さび》れた漁港町に建立された石碑だから、今のところほとんど碑を訪ねてくる見学者などいない。近くには岩内岳の雪質のいいスキー場もあるし、展望風呂や鮮魚料理で知られるIホテルやT旅館もあるのだが、めったに「反原発の碑はどこ?」なんて尋ねる客はいないし、地元の人もほとんど無関心だという。ついこのあいだ所用で小樽まで出かけたとき、足をのばして久しぶりに「三行の希い」に会いに行ってきたのだが、まだ碑は半身を深い雪のなかに埋めていて、五メートルそばまで近づくのも容易でなかった。同じように雪に埋まった灌木のあいだから父子の碑が背を反らし、辛うじて胸から上を日なたに出している姿は、何となく健気《けなげ》だったが。

プレートにあるように、ここ北海道後志《しりべし》総合振興局岩内町は、私の妻紀子の郷里でもある。紀子は隣村茅沼の炭鉱で働く両親の次女に生まれ、後年一家が岩内町内で呉服、雑貨などを扱う商店を開業したため同町に移住、紀子が地元の高校に通いはじめる頃までは町はニシン漁で栄え、稼業も順調にのびていたそうだが、紀子が東京に出て洋裁学校に入った昭和三十年代終わり頃から漁業や水産加工業がしだいに衰退、あっというまに経済不況、人口過疎の町と化してゆく。

じっさい、私と森井紀子が結婚した一九六四年頃の岩内にはまだ活気があった。今ではとっくに廃線になってしまった札幌と岩内をむすぶ岩内線が健在で、人口も三万近くを数え、一時は市に格上げされる話がでるくらいだった。浜沿いに何軒ものニシン御殿がならび、町には羽振りのいい漁師相手のネオン街もあった。しかし、一九八三年に隣の泊村に「泊原子力発電所」が建設された頃から、スケトウやニシンがほとんど獲れなくなって、紀子が幼い頃海にもぐって獲っていたというウニやアワビも激減した。かわりに電力会社から湯水のように注入されてくる地元振興資金、補償金が住民たちの命綱となってきたのだった。膨大な補償金を手にした住民のなかには、それを元手に慣れぬドライヴインやホテルの経営に乗り出す者も出はじめ、町の様相が一変した。海の色も変わったし、人の心も変わった。

そうした歴史をもつ北辺の町に、とつぜん建立された私たちの「三行の希い」は、住民らにとって何となく古傷にさわられるような不快な存在に思えたかもしれない。もちろん今だって、原発によってもたらされる様々な影響を心配する住民はいるし、とくに八年前の福島原発事故があってからというもの、原発に対する住民の意識は以前とまったくちがうものになりつつあったのだが、かといって多くの原発雇用に助けられ、振興資金の恩恵にあずかる「原発」サマサマの現実は少しも変わっていないのだ。いくら有名な作家父子がつくった石碑だからといって、そう簡単に「核を塗りつぶし、ペンで書きあらためる」心境になんてなれないというのが正直な住民の思いだったろう。

長く信州と東京に離れ離れで暮している妻とは、めったにそんな話をしたことはないのだが、ある日岩内に住む姉からの報告で石碑の建立を知ったといって、珍しく妻のほうから電話がかかってきたことがある。

「だいいちねぇ、あんな田舎の人たちに反原発だとか核がどうしたとか言ったって通じるわけないわよ。毎日の生活で精いっぱいの人たちなんだから。高いお金かけて石碑なんかつくったって、だれも見にゆかないって姉もいってたわ。一応アンタだって人気商売なんだから、わざわざ北海道の端にまで行って評判落とすことないじゃないの。上田の美術館一つにだって苦労してるのに、そんなにあちこちでイイカッコしてどうするのよ。呆れちゃうわ、まったく」

冷たい海風に打たれて育った岩内女の気性というべきか、それとも美術狂いの亭主に四十何年間も放ったらかしにされている女の悲憤なのか、とにかく「三行の希い」に対する妻の感想は一刀両断なのである。

そういえば、この碑が完成して約一年後のこと、こんな「騒動」があった。

石碑の建立に尽力してくれた「碑の会」の主催で、岩内町内の小さな集会場を借りて「無言館」をテーマにしたドキュメンタリー映画「二十歳の無言館」（森内康博監督）の上映会が開かれることになり、岩内町教育委員会に後援を依頼したところ、「主催団体は反原発色が強いので、政治的主張を行なう懸念があり、中立性を損なう恐れがある」という理由でキッパリ後援を断られたのである。因みに、「碑の会」は同時に札幌市にも後援をお願いしていたのだが、札幌市のほうは「今回の映画は純粋に平和を考える内容」として後援を快諾してくれたので、同じ北海道内でも対応が真っ二つにわかれることになった。

早い話、これは岩内町側の完全な早トチリで、映画「二十歳の無言館」はその後東京、鎌倉でも巡回されたのだが、内容といえば小学生時代に「無言館」を訪れた子どもたちが、二十歳になってふたたび館を訪ね、画学生の絵に自らの生き方を重ね合わせるという物語で、「原発」の「ゲ」の字も出てこない。まだ三十代前半の森内監督が、凡そ十年がかりで完成させたこの映画は、各地で絶讃をあびたものだった。それを岩内町はほとんど調査らしい調査もせず、映画会を主催する「碑の会」が、私と父の反核碑建立を主導した団体であるという情報だけで、門前払いしたというわけなのだった。

ちょうどその時期は、各地で催される文部科学省の前川喜平事務次官の講演会に対して、「後援しない」全国の自治体が続出していることがマスコミで話題になっていたときだったので、よけいにこの問題には注目があつまった。前川氏といえば、例の加計学園の獣医学部新設に関して、首相への忖度《そんたく》によって「行政がゆがめられた」と明言した硬骨官僚のお手本のような人だが、そういう危険人物の講演会を後援するわけにはゆかないといった自治体の態度が、どこかこの北海道の涯ての町で起こった映画会後援拒否にも通じるという印象をあたえたのである。

たしか、映画会を終えたあとのことだったと思うが、地元の北海道新聞はあらためてこの「拒否問題」を取り上げ、「岩内町はなぜ映画の内容も調べず先回りするように後援要請を拒否したのか」と疑問を呈していた。また同紙の投書欄にも、「岩内町にはもう少し寛大な対応をしてほしかった」という意見が何通か寄せられていたという。

ただ、今頃になって肩をもつわけではないのだが、岩内町にも同情すべき点があったように思われる。何しろ現在の政治状況からすれば、総理大臣から北海道知事に至るまでが「再稼働やむなし」派であり、その行政指導のもと町政を動かしてきた北辺の町の役場の人たちからすれば、町民全体の総意に基づかない政治的意見に、おいそれと与《くみ》するわけにはゆかないのである。今回とつぜん何の前置きもなく、降ってわいたように町内に「反原発」を訴える三メートル余の石碑が建立されたことは、役場にとっては不意討ちを食らったような災難といえたろう。しかもそれを後押ししている道内の文化人を中心とする「碑の会」は、どうみても「原発は要らない」という主張を掲げる団体だった。そんな団体が主催する「映画会」だから、その内容も「反原発」を前面に出したものであるにちがいないと解釈したとしてもムリはなかったように思う。とにかく、それまでののんびり「原発」の傘の下で公務に励んでいた岩内町役場の人たちにしてみたら、今回の私たちの唐突な後援申し入れに対しては、あまりに心の準備が整っていなかったというしかないのである。

後援を依頼するとき、私もいっしょに「碑の会」代表の菊地大さんや世話人の國田裕子さん、町会議員の大石美雪さんらと岩内町役場を訪問したのだが、応接してくれたK町長やY教育委員長は朴訥で腰の低い、印象の悪い人たちではなかった。

ところで、私と岩内町の関係については、概ね石碑の裏のプレートに記されてある通りなのだが、それ以外にもう一つ、私と岩内町には切っても切れない縁があるのでそのことにもふれておく。ふつうの人からみたら、戦争中に離別していた有名作家の父親と戦後三十余年経ってから再会、その父が書いた代表作「飢餓海峡」の舞台が岩内町であり（殺人犯が逃亡する積丹半島の奇岩絶壁の風景の描写には迫力があった！）、しかも対面した子である私が二十三歳で結婚した相手が、他ならぬその岩内で生まれ育った女だったということだけでも、人生の偶然というか巡り合せにおどろくだろうが、私と岩内とのつながりはそれだけではないのである。

知っている人もいると思うが、岩内の風土を描いた小説では父の「飢餓海峡」いじょうに有名なのが有島武郎「生れ出づる悩み」で、その小説のモデル木田金次郎は、岩内で生まれ、終生を故郷岩内の自然を描くことにそそいだ画家である。

一九五四年に台風十五号による岩内大火が発生（「飢餓海峡」の殺人事件はその大火と同じ日に起きた青函連絡船洞爺丸沈没事故を背景に展開する）、木田は作品のすべてを焼失するという悲運に見舞われるのだが、それにもめげず岩内港や雷電岬、ニセコ連峰の大自然をモチイフに、六十八歳で亡くなるまで精力的な制作をつづけ、やがて中央の画壇でも高い評価をうけるようになる。私もその迸《ほとばし》るような色彩と激しいタッチの絵に惹かれ、何点か初期のデッサンをコレクションしているほどだ。

岩内町のバスターミナル（旧ＪＲ岩内駅跡地）の真向かいに、町立「木田金次郎美術館」が開館したのは、たしか一九九四年十一月のこと。じつは私はその美術館の開館にもいくらか関わっている。

開館の約五年前に、岩内町青年会議所の若手メンバーたちが「木田金次郎と岩内の文化を考える会」を結成、その発足式の記念講演会に、当時上田で「信濃デッサン館」を開館し十年ほどが経っていた私が招かれた。メンバーたちは、会を発足させるにあたってはるばる「信濃デッサン館」を視察訪問、いわば美術館経営の先駆的人物であり、岩内とも縁の深い作家水上勉と再会し当時話題になっていた私を会のアドバイザーに迎えたのである。ただ、同会は最初から「美術館」建設を目的としていたわけではなく、講演会後の打ち上げ会でも、はじめは泊村に原子力発電所が誘致されることなどについてあれこれ語り合っていたのだが、その途中で、

「木田さんの描いた岩内のそばに原発ができるんなら、いっそその補償金で木田さんの美術館をつくったらいいんじゃないだべか」

出席されていた陶器店経営の笠井真一さんだったか、婦人洋品店の今井郁夫さんだったか、文具店の森嶋敏行さんだったか、福島印刷の福島尚二さんだったか、どなたかがそういったのだ。

もちろん私は大きな相槌をうった。

「木田美術館を岩内につくるということは、ただたんに木田さんの絵を知ってもらうということだけじゃなく、岩内がたどってきた歴史、つまりニシン漁で栄えた時代、大火の焼け跡から必死に立ち直ってきた時代、そして今ようやく観光町として再起しようとしている時代、そういう岩内の歴史を、木田さんの絵をつうじて将来に伝えることになると思いますね」

そういった。

「そりゃあ、名案ですな。本気で取り組むだけの価値のある事業だと思います」

そばにすわっていた当時の岩城成治町長が身をのり出した姿を、今でもはっきりと覚えている。

考えるに、現在岩内町随一の文化施設ともいえる「木田金次郎美術館」は、あの青年会議所の若きメンバーたちと語り合った一夜から生まれたといってもいいのである。とにかく三十年近くも前の話だ。私もまだヤル気満々の四十代半ばだったし、笠井さんも森嶋さんも今井さんも福島さんもみんな若かった。そうでなければあんなふうに夜を徹して、口角泡をとばし木田金次郎を語り、岩内を語り、美術館を語ることなどできなかったろう。

そして、こんなことも思う。

その岩内が誇る画家木田金次郎が、あれほど愛した岩内の自然風景は今や原発によって一変してしまった。幼い頃妻たちが泳いでアワビ獲りに興じていた盃《さかづき》や茅沼の海には、いつのまにか遊泳禁止区域がひろがり、のどかだった海岸線の景観も原発の建設によって物々しいふんいきに変わっている。義経、弁慶伝説で有名な堀株《ホリカップ》、渋井、チャップにかけての奇岩トンネルも姿を消し、今では泊村の青白くひかるゴルフボールのような原発ドームめがけて、無機質なアスファルト道路がまっすぐにはしり、その途中には非常時用の遮断機や進入禁止の看板がいくつも設けられている。この変わり果てた郷土の風景をみたら、亡き木田金次郎はどんなに嘆き悲しむことだろう。

そう、今気づいたのだが、岩内には今回の私たちの「三行の希い」が建てられる二十年いじょうも前に、今生きていたら必ずや「核を絵筆で塗りつぶす」画家の一人であったにちがいない木田金次郎の美術館を建設した人たちがいたのだ。原発誘致で見込まれる地元就業者の増加、土地買収や開拓工事による経済効果、そうした爆風のような「原発景気」にさらされながらも、岩内の自然を画布にきざんだ郷土画家の美術館建設に走り回った一群の青年たちがいたのだ。どんなに経済不況や過疎化に苦しんでも、自分たちにとってどれだけ「岩内の美しい自然」が大切かを、「木田金次郎美術館」をつくることによって示そうとした人々がいたのだ。

……と、ここまで書いたところで、札幌の「碑の会」の國田裕子さんから「無言館」にメールあり。六月半ばに岩内町で同会主催による平和コンサート（おおたか静流さんが出演してくださる）がひらかれる予定になっており、懲りずに岩内町に後援依頼を出してみたところ、今度は「承諾する」という旨連絡があったとのことだ。まずは目出たし。別居岩内妻にいわせれば、「岩内の人はネ、じっくり話せばみんなわかってくれる人なんだから」だって。

（2019.7.1）

「令和」とゴリラと発熱

情けなや、またしても「無言館の庭から」ならぬ「病院の庭から」の出稿である。

去る四月二十九日、わが「無言館」では恒例の「成人式」(今年で第十七回め)が開催され、メイン・ゲストに人類学、霊長類学者でゴリラ研究の世界的権威、京大総長をつとめられる山極壽一氏をお招きした。北から南から参集してくれた新成人の若者たちは二十六名、約二時間かけてじっくり戦没画学生の絵や遺品にふれてもらったあと、山極博士がかれら一人一人にあてた直筆の手紙をプレゼント、祝福のスピーチ、そして被爆樹のコカリナ演奏で知られる地元上田市出身の、シンガーソングライター黒坂黒太郎さん、矢口周美《かねみ》さんご夫妻のコンサートを楽しむ。そのあとゲストをまじえ新成人全員で記念撮影し、地元農家の方々手づくりの山菜テンプラ(桑の葉、タンポポ、タラノメ等々大絶品!)、お赤飯に舌鼓をうってもらってお開きといった簡素な内容なのだが、今年もそれなりに新成人にとっては忘れられない、新緑まぶしい東信州の美術館での「二十歳の門出」になったのではないかと思う。

ところが、式典が半ばくらいにさしかかった頃だったろうか、私の身体は急激に異変をきたしはじめた。すでに前月末頃から咳と痰、微熱に悩まされ、そんななか老体にムチうち、京都やら大阪やらへ約束していた講演旅をつづけて帰ってきたのだが、山極博士のスピーチが終わるあたりから、足元の石畳が船の甲板のようにゆれはじめた。新成人や付き添いの方々がすわっているのは土肌のみえる館の前庭で、私やゲストは「無言館」左手にある石畳の敷かれた場所の椅子にすわっていたのだが、眼にうつるその会場全体が左右にゆっくりとゆれる。

式の運びでは、メイン・ゲストのスピーチが終わると、例年私は自分の書いた「無言館の詩《うた》」という詩を若者たちに朗読することになっているのだが、内ポケットから原稿を取り出しながら向かう中央のマイクがやけに遠くにみえた。一歩ふみ出した足のヒザから下の蝶番《ちょうつがい》が外れ、地面についているはずの靴の底が、何だかトウフでもふんだみたいに頼りない。こりゃマズイ。

案の定、ようやく辿りついたマイクに向かって放たれた「無言館の詩」は、突っ拍子もなく上ずった震え声の朗読で、しかも最初の一、二行で猛烈な咳におそわれ、言葉をつづけることができない。アシスタントの女性館員があわててペットボトルの水を持ってきてくれる。

丸谷才一さんの小説に「裏声で歌へ君が代」というのがあったが、私が裏声のような震え声で読んだ「無言館の詩」とはつぎのような詩である。

今日、二十才になったあなたに
美術館の画学生たちは　何を語りかけてきましたか

二十才になったあなたへの　祝福の言葉でしたか
それとも、あなたにささげる美しい花束でしたか

いいえ、戦地で亡くなった画学生たちは
あなたたちに　一言の祝福の言葉もあたえはしない
一束の花束もささげはしない

もし画学生たちが　あなたにあたえたものがあったとしたら
それは一冊の真っ白なスケッチ帖だ
何も描かれていない　一点の汚れもない
あなたたちが描く絵の完成を待っている
小さな小さな　一冊のスケッチ帖だ

たしかに画学生たちは　あの戦争の時代に若い生命を終えたけれども、
かれらがのこした絵は　けっして自分の生きた人生を呪ったりしてはいない
あの時代を　恨んだりもしていない

ただかれらは、のこされた生命《いのち》の時間を
精一杯、今自分はたしかにここに生きているという証《あかし》を描いて　逝《い》った人たちだった
ある者は妻を　ある者は恋人を　ある者は敬愛する父や母を
ある者は可愛がっていた最愛の妹を　描いて戦地に発った
かれらは自分を生かしてくれたごく身近かな
たくさんの生命ある人々への感謝を
一枚のカンバスに、一冊のスケッチ帖にきざんで戦地に発ったのだ

どうか　今日
この山の上の小さな美術館につどったあなたたち
あなたたちは　画学生たちがカンバスにのこした
声なき声にそっと耳をすましてほしい

そしてあなたたちの真っ白なスケッチ帖を
あなたが愛した人々の絵でうずめてほしい
その人がいたからこそあなたが生きた　あなたがいたからこそその人が生きた

そんな愛する人々への感謝でうずめてほしい
おめでとう。
これは本当は　あなたのスケッチ帖の絵が完成したときに
あなたが　あなた自身にささげる言葉だけれど
今日は　ここにつどった二十六人の新成人のために
「無言館」の画学生たちは　声高らかにつげるだろう
記念すべきスケッチ帖の　第一頁をひらいたあなたたちに
心から、心から、おめでとう、と。

これは二〇〇二年に第一回「成人式」がひらかれたとき（第一回のゲストはたしか理論社代表で作家の小宮山量平さんだったと思う）に読んだ自作詩なのだが、その頃私はまだ還暦をすぎたばかり、この成人式に対する思いの深さが表われている。というか、私自身が新成人になったみたいに初々しい。参加した若者に対する「ここは単なる反戦施設ではない」、「この美術館の本質を分かってもらいたい」、「かならずや画学生たちが遺した絵はキミたちの将来の大きな道しるべになるだろう」といった熱《あつ》々のメッセージには、何だか照れちゃうくらいの気合いがこもっている。

私はこれを毎年少しずつ手直しながら式で披露しているのだが、新成人に捧げるというよりも、今では自分が自分にいいきかせている詩になってきた感じだ。

ま、それはそれとして、とにかく私は猛烈な咳込みにおそわれながら詩を読み出したわけだが、しだいに抑制の利かなくなった裏声は益々裏声となり、何やら密林の奥からきこえる小猿の泣き声に近い（ゴリラ博士のせいか）。第二節の「戦地で亡くなった画学生たちは…」、三節の「画学生たちがあなたにあたえたものがあったとしたら…」にさしかかると、声は絶望的に裏返る。そして、万感こもるサビの一節「声なき声にそっと耳をすませてほしい…」、ああ猿が泣く、猿が泣く。

ムリもないだろう。あとで担ぎこまれた病院の医師によると、そのときすでに私は中程度の「かんしつ性肺炎」を発症し、呼吸困難、息切れ、三十八度近い発熱があったそうだ。ふだん私は平熱三十五度という低体温男だったから、七度近くでフラフラ、それが八度をこえていたというのだから石畳もマイクもゆれたのは当然だった。

で、「成人式」の終了後、私はただちに館員の車で麓の和方《わかた》医院（私の四十年らいの主治医さん）に運ばれ、自分の身体がいかなる状況にあるかを知ることになるのだが、そこからが問題だった。和方先生からいくつかの市内の入院可能な総合病院に当ってもらったのだが、どこの病院にも「休診」のフダがかかっていて受け付けてもらえない。

そう、お察しの通り、折しも日本列島は皇位継承週間の真ッ只中、いわゆる大型十連休という前代未聞の「国民一斉休暇」に入っていて、信州の一地方都市である上田の医療機関もまた軒並み連休モードに突入していたのである。

けっきょく私は、その日は熱止め咳止めをもらっていったん帰宅、翌日和方医院から美術館下にある塩田病院を紹介され、そこでもう一ど血液検査、レントゲン撮影をしてもらった結果、これはやはり一刻も早く設備の整った病院で治療すべきという診断が下り、ついに救急車を要請、市内緑ヶ丘にある信州U医療センターに搬送されることになった。信州U医療センターとは、上田市では唯一最大といえる総合医療機関で、問い合せたところ取り敢えずの入院はOKだという。私は塩田病院から靴のまま救急車に乗せられ、ピーポピーポと上田橋（眼下は千曲川）を渡って、何とか三十日の午前中に同センターに収容されることに。

しかしながら、この医療センターも四月末から五月六日にかけての十日間がほとんど「休診」状態であることには変わりなく、県道十八号からちょっと入ったところに、高島屋かそごうのように威風堂々聳え立つホスピタルには、ここ数日間は必要最低限の医師、看護師しか出勤しておらず、急患以外は受け付けていないという。

ちょっと可笑しくないか。

今回の「平成」「令和」改元騒動はいったい何なのだろう。

新聞もテレビも、「改元を待って入籍した」とか、「令和という会社名で起業スタート」とか、はたまた「新元号入りドラヤキ新発売」とか、「令和の日の出をみて感動」とか、とにかく祝賀ムード一色の話題であふれかえり、十連休という半ば強制的（？）にあたえられた休暇を使い果たすため、全国観光地、海外のリゾート地には怒濤のように観光客や家族連れが押し寄せているという。

もちろん「平成」から「令和」へと元号が変わり、人それぞれが感慨にふけったり、決意を新たにすることにケチをつける気はないし、ゾウが鼻で筆を巻いて、「令和」という書き初めをしたってかまわない。「象徴天皇」三十年、愚直に世界平和を願う巡礼旅に身を賭してこられた上皇さまの、ご高齢からの「生前退位」のご決意にも異論はない。万葉集ファンとしては「令和」という新元号が、日本古来の自然詠を讃じる一文から採《と》られ、とくに「レイ」という語韻が何ともいえぬ涼やかな響きをもつ点など、「いい元号に落ち着いたな」という感想をもっている一人なのだが、それにしてもこのバカ騒ぎは尋常ではない。病院から役所から保育園まで、みんな一斉に閉めちゃうなんて連休を、いったいだれがきめたの？　これじゃ何だか、国民全体が「令和」集団催眠にでもかけられているんじゃないかといった気さえしてくる。

だいたい、七十七年長々と横たわる水羊羹のごときわが人生に、とつぜん「昭和」だの「平成」

だの「令和」だのと勝手に包丁を入れられたって困るのだ。元号が変わったって、旧元号時代のローンがチャラになるわけじゃなし、昔おかした過ちや揉めごとが消えるわけではない。国の歴史だって同じだ。戦争のこと、原発のこと、差別のこと……歴史の上に新元号なる薄いエンピツ線を引いたからといって、積み残した問題がゼロになるわけではないのだ。

そもそも首相のいう「天皇陛下のご退位と皇太子殿下のご即位が同時に行なわれるのは、光格天皇から仁孝天皇への継承いらい約二百年ぶり、憲政史上初めてのことであり、わが国の歴史にとっても重要な節目にあたる」の意味が、歴史にヨワイ私にはさっぱりわからない。光格天皇も、仁孝天皇も知らねェし。どうしてそれが国の重要な「節目」になり、「即位記念十連休」が必要になるのかもわからない。思い出すのは、戦時下にも「紀元二千六百年」を強調して、国民こぞって提灯行列だの祝賀大集会だのにうつつをぬかし、その結果翌年には真珠湾攻撃、太平洋戦争突入、三百十万人におよぶ自国民の戦死、原爆投下、沖縄焦土戦のすえの無条件降伏へとすすんだわが日本の暗黒史があったこと。「無言館」にならぶ戦没画学生もその犠牲者だった。何やら今回の「令和」フィーバーにも、同じような匂いをかぐのは私だけだろうか。

イヤイヤ、そんなことはどうでもいい。とにかくお医者さん、早くぼくを診《み》て。

ところで、あとから知ったことだが、第十七回「成人式」のメイン・ゲストをひきうけてくれた京大総長山極壽一さんも、何と上田にくる三日前まで入院していたそうなのだ。何でも病名は原因不明の「顔面麻痺」だそうで、ある日とつぜん顔の半分が動かなくなり片眼が開いたままふさがらなくなった。予定されていた二つの国際会議をドタキャン（かれは日本学術会議会長と国立大学協会長を兼任している）、急きょ京都大学病院に入院したのは「成人式」十日前のことだったという。山極さんのスゴイところは、「たとえ顔面麻痺でも上田にはゆくつもりだったのでクボシマさんには連絡しなかった」というところ。根性がすわっているというか、何たってジャングルの奥地でゴリラと何年も暮していたという霊長類学者のスピリッツは、われわれとは格がちがう。

しかも、集まった二十六名の新成人たちへのスピーチはきわめてパワフルだった。

「ボクは二十五歳までゴリラやチンパンジーの世界へ留学してきた。色々な病気にかかり死にかけた。しかし、好きなゴリラと死ぬのなら幸せだと思った」

「このことのためだったら死んでもかまわないというものをさがしなさい。これだけは自分でえらんだ、自分で発見したという道をさがしなさい」

きいているだけで、七十七歳の胸も熱くなってきちゃう（肺炎の熱ではありません）。こういう人がいるんなら、世の中まだ捨てたもんじゃないな。

山菜テンプラの食事会の終りのほうで、自然に山極壽一博士のまわりに若者の輪ができ、「二、ワ、カ、山極塾」がひらかれたのも愉快だった。キミたち、動物になるとしたら何になりたい？　ウサギ？　イルカ？　ナマケモノ？　次々と変身願望をつげる新二十歳に、博士は一人一人にていねいに「ナマケモノは有毛目ナマケモノ科の哺乳類、食生活には苦労するぞ」、「ウサギは草食性だが繁殖力が強いから、案外生活力がもとめられる」、「イルカか。クジラ目だな。知能は京大クラス」。その動物で生きるためのアドヴァイスをおくる。さらに、種々の動物たちがもつ生殖事情、家族事情、仲間事情……。

そして、ゴリラ博士は隣で咳きこんでいる私の顔をのぞきこみ「ムリしちゃダメですよ。来年も成人式はあるんだから」

ホロリとすることを言ってくれる。

おそらくもうそのとき、山極さんは私の体調の異変に気づかれていたのだろう。

そういえば、山極さんの近著『ゴリラからの警告』（毎日新聞出版）にも書いてあるが、相手の顔をのぞきこむのはニホンザルでは威嚇を意味するが、ゴリラは相手が自分に好意をもっているか（また自分も相手が好きか）を確かめるための行為なのだという。「このとき、ゴリラは明らかに私に働きかけ、私からゴリラの間で通じる反応を期待したのである。それは、ゴリラが私を仲間として受け入れようとした態度の表れである。ここにゴリラの心があるとはいえないだろうか」、──山極博士が何十年ぶりかで昔いっしょに暮していたゴリラと再会したとき、そのゴリラが「自分を覚えていた」ことに感動するというシーンは何ど読んでもいい。

若者たちに無茶ぶりしていた「キミたちは何の動物になりたいか」については、こんなことも書かれている。

「西洋の昔話では、動物は人間になれない。動物に変身させられた人々が勇気ある行為に助けられて復活する物語ばかりだ。そこには人間と動物との間に決して越えることのできない境界がある。対照的に日本の昔話では、動物が人間になっていっしょに仕事をしたり、食事をしたり、結婚して子どもをつくったりする。ただ、動物たちは人間の姿になるだけで、人間とは違う心をもち、人間にはない力を発揮する。そのような動物たちとこの世界に共存している実感をもって暮してきたように思う」

さて、ご心配いただいている方々への私の病状報告だが、今日でちょうど入院二十日め、薄皮を剥ぐように「かんしつ性肺炎」は快方にむかいつつある。何日も前から平熱三十五度の男にもどっているし、咳きこみの数もめっきりへってきた。十三日めからはU医療センターの都合で（連休明けから患者が急増し一人部屋はいつも満杯状況！）四人部屋に移動し、他の患者さんと仲良く安静生活している。

気がつくと、病室の窓の風景はいつのまにか夏げしきになっていて、私のベッドからはみえないが、少しはなれた待合室まで出ると眼下に上田市街が一望され、上田のシンボル太郎山や烏帽子《えぼし》岳の新緑がまぶしい。

まだそこまで頭が回転しないが、そろそろ八月十五日の恒例行事「千本の絵筆の祈り」（「無言館」の建物をローソクの灯で取り囲む慰霊祭）の準備もはじめねばならぬし、私の病気で延期となった「無言忌」（全国のご遺族があつまる交流会）の再開催、ご近所さん参加の「読書会」や「朗読会」もいくつか予定されている。そのうち、来年の第十八回「成人式」の仕度にもかからねば。何しろこれまで、山田洋次さん、澤地久枝さん、池上彰さん、菅原文太さん、有森裕子さん、樹木希林さん、そして今回の山極さん等々、多忙きわまりない著名文化人を口説き落しての一大イベントだから、主催者としても力コブが入る。但し、近年の「人気者」偏重のゲスト選びには眉をひそめる向きもアリ。主役はあくまでも、その日戦没画学生の絵と会うために「無言館」の坂をのぼってくる新二十歳たちであることを忘れてはならないと。

そうだ、少し元気が出てきたら、意中のあの人に手紙を書いてみるか。

（2019.8.1）

「ぜんぶ、嘘」？

仕事柄、講演に招かれることが多い。上田から日帰りできるところもあれば、大阪、九州、北海道という遠方のときもある。さすがに七十歳すぎたあたりから、いくらか回数はへってきたみたいだが、それでも月に二、三どは講演に出かける。

私が講演で「無言館」のことをしゃべれば、それが即、宣伝、啓発、営業（？）活動になるわけで、ときとしてまだ発見されていない戦没画学生の情報を得たり、すでに収蔵されていても、今一つ調査不足だった画学生の新資料が手に入ったりすることがある。また、講演先がたまたま画学生の出身地だったりしたときには、お世話になった旧知のご遺族と久しぶりに再会し、歓談する機会をもったりすることもできる。

そういう意味では、講演は「無言館」の広告塔かつリードオフマンである私の重要な仕事の一つともいえるのだが、ぶっちゃけ白状すると、何より助かるのは現金収入になること。同じお金を原稿書きで稼ごうと思ったら並大抵の苦労ではないが（民主文学のかたにきいていただければわかります）、講演であればどんなに粗末な話をしても、ほんの一時間か二時間でン万円の収入になるのである。閑古鳥の啼く貧乏美術館の受付でボンヤリしているくらいだったら、講演に行ったほうが断然効率がいい。

講演のテーマといえば、大抵は「無言館」についてのことだ。館建設にいたるまでの数年間にわたる全国遺作収集の苦労話や、その際ご遺族からうかがった出征前後の画学生の思い出、あるいは画学生が絵筆を銃にかえて出征せねばならなかった「戦争」という不条理な時代についての私の思いを語る。「信濃デッサン館」健在の頃は、村山槐多《かいた》や関根正二、野田英夫といった夭折画家のコレクションについての話が主で、「夭折と芸術」とか「火だるま槐多を追って」とかいったいくぶんマニアックな画家論、芸術論が多かったのだが、最近はとんとそんなご指名がかからなくなった。今や私は「個性派画家のコレクター」「夭折画家の研究家」でもなく、「戦争を語る美術館主」「平和運動のリーダー」としての美術館主」へと変身をとげたのである。

ただ、私の講演でいちばん聴講者の反応がよいのは、「戦争」の話でもなければ、「平和」の話でも「戦没画学生」の話でもない。戦後七十余年の永きにわたって遺族のもとに眠っていた画学生たちの作品を発掘したときの、歓びとか感激とかいった話でもない。意外にも、私が信州上田に「信濃デッサン館」や「無言館」をつくる前までの話、つまり太平洋戦争開戦の年に生まれた私が、高校を出てから渋谷道玄坂の服地店の店員となり、その後高度経済成長の波にのって小さな酒場を開業して成功、やがてその資金を元手に好きな画家たちの作品をコレクションする味を覚え、ついに三十代半ばで上田に念願の私設美術館を建設するにいたるまでのサクセスストーリー（?）である。とりわけ二十二歳の私がシロウト大工で世田谷明大前の借家を改造、マッチ箱のような深夜スナックをひらき、明け方近くまでシェイカーをふって金稼ぎに没頭するバーテン時代の話が、来場者の喝采をあびるのである。

早朝七時からモーニングサービスの準備をはじめ、特製のハムトーストにコーヒー、ミルク、紅茶にユデ玉子をつけたセットが当時六十円、それが眼の前の明治大学和泉校舎に通う学生たちに飛ぶように売れる。夜は夜で、明け方近くまで酔客相手にビールとカクテルを売り、生まれてはじめてつくったマカロニグラタンや焼きウドンなんかを食べて貰う。渋谷の服地店での給料が交通手当てを入れても月額五千円ほどだったあの時代、私のスナックの一日の売り上げは軽くそれを突破していた。

そこにやってきたのが昭和三十九年十月の「東京オリンピック」だ。店の前の甲州街道を走るエチオピアのアベベ選手や自衛隊の円谷幸吉選手の勇姿を見に、沿道に押しかけた見物人はざっと三十万人。私はその見物人に、徹夜でつくったオニギリを自転車の荷台に積んで売りあるく。明大前から新宿南口までは凡そ四キロほどあるのだが、その半分もゆかぬ京王線笹塚駅のあたりで完売し、私のジャンパーのポケットがみるみるうちに板垣退助の百円札であふれかえったのをおぼえている。

このへんまでくると、私の講演は奇妙な熱をおび、というか口調が忠臣蔵か太閤記でも語っている講談師のようになり、それにつれて会場のボルテージが急速に上がってくるのがわかる。早いはなし、講演を聴いている人々（私とほぼ同世代が多い）が、私といっしょに「あの時代」を共有しているのがわかるのである。

思わず「共有」というような言い方をしたが、私ら世代にとってこの「共有」のもつ異様ともいえる高揚感と、同時におそってくる何ともいえない砂を嚙むような思いをどう表わせばいいのだろう。

たしかに私はスナック商売が大当りし、それを土台にのちの生活設計を築いた幸運な男だった。僅か数年のうちにスナックは都内近郊に五店舗ものチェーン店を出すまでに繁盛、二十五歳で世田谷成城町の住宅地に二階建ての家を建て、それまで三畳間に親子三人が折り重なって眠るバラック借家からの脱出を果たした。もちろんそれは、スナック開業直後に結婚した年上妻の献身をふくめて、若かった私たちの一心不乱の労働があっての成就だったのだろう。

しかし当時、私にあたえられたあのメルヘンのごとき「繁栄」は、三百数十万の屍が横たわった敗戦の対価としてあたえられた「繁栄」であり、戦後七十余年がすぎた今もなお、自分はその「対価」の上を生きつづけているのではないかという意識がぬぐえない。うまくいえないのだが、私たちはいつまであの戦争犠牲者の死を未清算のままにし、その恩恵にあずかって生きなければならないのだろう。だいいち、私たちはかれらが無念の死をもって次代に託した理想や夢を、どれだけ実現したといえるのだろうか。

前にもふれているが、画学生たちが今わのきわに描いた作品の多くは、自らの短い生を支えてくれたごく身近な妻、恋人、両親兄弟、姉妹の絵だった。幼い頃あそんだ竹馬の友、なつかしい故郷の山河風景だった。そこに描かれた「人と人との絆」、「血縁ある者たちへの感謝」、平たくいうなら「人が人を愛することの尊さ」。今や親が子を殺し、子が親を殺すニュースにあふれる殺伐社会を生きる私たちは、かれらが死を賭して表現した「愛の証《あかし》」にどう答えればいいのだろうか。とどまることない自然破壊、温暖化、効率優先、経済優先の必然として生まれた貧富の格差。そして今もなお何十万人もの故郷喪失者を置き去りにしたまま稼動されつづけるゲンパツ……今ここにある国の姿が、三百数十万人もの戦死者の魂に報い得る日本の姿であるとだれがいえるだろうか。

思い出す。私がスナックで夜おそくまで働いていた頃、店じゅうに大音量でひびいていたのがジュークボックスの音だった。ジュークボックスとは、昭和四十年代初め頃に登場した音響機器で、客は百円玉一つで三曲のレコードを聴けた。そのうち半分が店の賭けだった。あの頃流行していたのは森進一「女のためいき」、青江三奈「恍惚のブルース」、若手では橋幸夫、西郷輝彦たちアイドルの流行歌が席巻していた。毎晩毎晩、私はその大音量のジュークボックスの歌を聴きながら、シェイカーをふりフライパンをゆすっていたのである。

ウロ覚えだが、わが国が本格的に原子力発電所の稼動をはじめたのは、あの頃ではなかったか。どっちが先だったか忘れたが、広島市議会が「原爆ドーム」の永久保存を決議した前後に、読売新聞社主催の原子力の平和利用をうたう「原爆展」が同じヒロシマで開催されたことをおぼえている。

しかしながら、金稼ぎに明け暮れる赤シャツマスターには、森進一や青江三奈（お二人に罪はありません。念のため）が大音量で歌うジュークボックスのむこうに、近代文明が行きついた絶対悪としてのゲンパツが存在するなんて認識はまるでなかった。東北や日本海沿岸の過疎地に建設された原子力発電所から、ネオンまたたく都会に流入される膨大な電気エネルギー、その端末にある満艦飾のジュークボックスに、チャリンチャリンと放りこまれる百円玉にしか関心をもたぬ男だった。日本という国が、あの一面の焼け野原から必死に立ち上がろうとしていたのと同じように、私もまた一日も早く三畳一間のボロ家暮しから脱出したいという、その一心で生きていた男なのだった。ゲンパツだけではないだろう。「東京オリンピック」の招聘をきっかけとして、あちこちの樹木がなぎ倒されて高層ビルが建築され、東京湾が埋めたてられ、東京じゅうに帯を投げたみたいに高速道路化が推進されてゆく風景を、私はほとんど無感覚で受容していた。受容どころか、それこそが自分たちの生活の向上をあらわし、豊かな明日にむかってゆく幸福な風景なのだと確信していたのだった。

今ふりかえると、あの頃の私は瞬間的な記憶障害に陥っていたというか、自分がどういう時代を生きてきたのかという記憶を喪失していたような気がする。もちろん、貧しかった私が文字通り高度経済成長という千載一遇のチャンスを得て、深夜スナックで金稼ぎに猛進していた事実を否定するわけではない。卑下するわけでもない。あれはあれで、二十二歳の私が成し得る精いっぱいの「生きる」努力だったのであり、じっさい私は一人の酒場経営者としてそれなりの成功をおさめるにいたったのだから。

だが、そうした「繁栄」や「飽食」を手に入れるいっぽうで、私がどこかへ「置き忘れてきたもの」「無意識に眼をそむけてきたもの」—それがあの「戦争」という歴史だったとはいえないだろうか。

とにかく私は全国津々浦々の講演で、意気揚々と自らの成功物語を語って拍手をあびたあと、何ともいえぬ寂寥感につつまれて壇上に立ちつくすのである。

というと、それはいささか牽強付会というものであって、あの時代はキミだけじゃなく、日本人のだれもが少しでも豊かな生活になることをめざしていた。それを一概に「戦争の記憶」を喪なったと解釈するのは少々飛躍にすぎやしないか。たしかに日本の戦後の経済繁栄の根もとには、あの七十年前の敗戦という体験があることは事実だが、やはりそれは日本人の勤勉と努力によって達成された繁栄であって、すべてを「敗戦の対価」と考えるのはどうかと思う、という意見があっても当然だろう。

だが、意識過剰といわれればそれまでだが、日々「無言館」で戦没画学生の絵と向かい合っている者の感想はちょっとちがうのだ。画学生の遺作をあつめるために全国をあるき、戦後の風雪のなかで画学生の絵を守りつづけてきた遺族と向かい合ってきた者の感想はちがうのである。

二十五年前に戦没画学生の遺作収集をはじめたとき、私が最も苦手だったのは、遺族から自分の出自やこれまでの生活について尋ねられることだった。遺族から「やはりクボシマさんは絵描き志望の方だったのですね？」とか、「美術大学をお出になられたのですか？」とかいった質問を浴びせられることだった。なかには「どうして学生の遺作をあつめる気になったのか」「美術館建設はビジネスとしての投資なのか」とか、しつこく尋ねてくる人もいた。そんなとき、私は自分が高度経済成長下でスナックをやって成功したこと、その金を元手に好きな絵をあつめはじめたこと、やがて野見山暁治という一人の復員画家と出会ったのがきっかけで、戦争で死んだ画学生の絵を収集してみる気になったことなどを懸命に語るのだが、自分の真情を正確にのべられたためしはなかった。しゃべっていることがすべて付け焼き刃にきこえ、口ごもりうろたえ、遺族の前で身体を小さくした。いってみれば、そのときの私は自分が戦没画学生の絵をみつけたのではなく、戦没画学生の絵に自分の人生をみつけられたといった感覚におそわれていたのである。

何どでもくりかえすが、私は自分が生きた「あの時代」を否定しているのではない。服地店の店員から酒場経営者となり、われをわすれて働きづめに働き、世田谷の一等地に二階建てのマイホームを建てた己の成功譚を、「間違っていた」だなんて思っているわけではない。

それなのに、なぜ私はこんなにも身体を小さくしなければならないのか。

それは、画学生たちの作品の前に立つたびに私を領する「自分はあなたたちのもとめていた戦後日本を実現したのか」という問いにうちひしがれるからだ。だれもかれもがカネとモノをもとめて突っ走り、あたかも「人間が生きること」とは「物質的な豊かさを手に入れること」と信じきって生きた私たち。その結果、ネットとスマホに追われ、つねに群れをもとめて社会に仰合することでしか安心感を抱けず、匿名で他者を誹謗し非難し、弱い者貧しい者を「敗者」としてしまう世の中が生まれたとはいえないか。……画学生たちはこんな祖国の「戦後」を願って死んでいったのだろうか。かれらが絵筆をもって表現したかったのは、どんな時代にあっても人と人とが固く結ばれ、他者を思いやり、たがいに助け合うという人類普遍の優しさにみちた世界であり、自らが息絶えたあとにかならずや祖国はそうあってくれると信じて死んでいったのではなかったか。

私は「無言館」をつくった人間ではあるけれども、画学生が私たち後世の者に託した「平和」も「平等」も、一つとして実現できぬまま今日にいたっている七十七歳なのである。

ところで、私は最近『ぜんぶ、嘘』（七月堂刊）というちょっぴり変った書名の詩集を出した。私にとっては四冊めにあたるこの詩集を出してくれた七月堂さんは、私が小、中、高校時代をすごし、スナックを開業して人生のスタートをきった世田谷明大前で、永年良書を出しつづけてこられた小さな出版社で、私がスナックの二階に「キッド・アイラック・アート・ホール」という小劇場にギャラリーを付設した多目的ホール（残念ながら一昨年閉業したが）をつくってからも、何かと近所付き合いのあった出版社さんなのだが、去年私ががんの手術をうけて悄気《しょげ》かえっていたとき、知念明子社長から「ウチで詩集をお出しになりませんか」と声をかけていただき、とんとん拍子に出版が実現したのが、この『ぜんぶ、嘘』というはなはだセンシティヴな名の付いた詩集だったのである。

その後ろのほうに、「成功譚」という散文詩がおさめられている。

某日、某市でひらかれた市民決起集会での貴殿の講演を拝聴しましたよ。満場の拍手でむかえられた貴殿は、長身の体躯も誇らしげに、胸を張り拳をかためて登壇されました。しかし、話の内容は聴くに耐えぬほど陳腐で浅薄なものだった。これまで辿ってきたご自身の半生の成功譚《サクセスストーリー》を、臆面もなくペラペラと気持ち良さげに喋りまくり（まるで舌に油を塗ったように！）、戦後日本の経済繁栄をいかに上手《うま》く生き泳いで蓄財を成したか、その財を費して戦死した若者を弔う記念館を設立するに至ったかを、鼻を蠢かしながら意気揚々と語ったのです。ああ何という不遜、何という傲慢、ああ、気色ワル。

（略）

正直、失望しました。要するに、アンタは上手くやってきた男なのです。そんな経済成長期の物欲レースで頭が完全にイカレちまった男が、あの戦死者の尊い命がならぶ記念館を営んでいるだなんて、憤りを通りこして悍《おぞまし》ささえおぼえました。そんなアンタに、戦火のなかで不本意にも夢や志を捨てざるを得なかった若者の悲しみがわかってたまるか、アンタは記念館の主である前に、まずもってあの時代の敗者であるべきなんだ。何をおいて、かれらの血を啜《すす》って生きた己の罪の深さを知らねばならない。私はあのとき壇上に駆けのぼって、貴殿の胸グラをひっ掴んでやりたいという衝動に駆られました。

相変らずの「自虐」ぶり、ドMぶりにあきれる人も多いかと思うのだが、性格だから仕方ない。これは私が自分のある日の講演会場に私自身を聴衆の一人として忍びこませ、その講演のあまりの不遜、傲慢さに腹を立て、思わず壇上にのぼって私の胸グラをひっ掴んでやりたいという衝動に駆られる、という空想詩である。

何だか、私の心のなかで自分と別の自分が取っ組み合いをはじめたような感覚があって、書いていてなかなか心地よかった。そして、もしかすると、戦後七十余年を生きた私ら世代のだれの心の内部にも、大なり小なりこうした未消化の戦死者たちに対する負い目があるのではないかとも思った。

書名の「ぜんぶ、嘘」は、詩集におさめている別の詩の一つに付けられている題名なのだが、もともと私は、自分が生をうけたこの国を「ウソつき日本」とよんではばからぬ男である。戦時下に幾百万人もの国民を欺《あざ》むき、勝算なき戦地に無辜《むこ》の民を送りつづけた大本営、その「戦争責任」をだれ一人負うことなく、すべてを中途半端、アイマイに先送りし、一夜あけたらケロリと「人間天皇」「民主主義」に宗旨がえし、アイデンティティーなきアメリカの従属国となった。そして、戦後はといえば一に経済、二に経済（今もそうだが）、さんざん自然を破壊して土建国家、原発輸出国家の道をあるき、沖縄のサンゴ礁を土砂で埋めながら、表ヅラでは「エコの時代」だの「地方創生」だのと宣《のた》まう二枚舌。

もっとも、私だってそんな「ウソの時代」の落し子のような男なので、大きなことはいえない。いつ「この大ウソつきめ」と胸グラを掴まれても文句はいえない。

ただ、何せ「東京オリンピック」でオニギリを売り、睡眠三時間でスナックを大当りさせた男だ。あの汗は真実だったと信じたい。そんならつ腕マスターが一念発起してつくった「無言館」は、ことによると「ウソから出たマコト」の美術館だったのではないかと信じたいのである。

（2019.9.1）

第4章　雨よ降れ　その2

（2019.4～2020.2）

「自問坂」に置かれた首のない地蔵

焚火は消えた

去る二月二十四日、「信濃デッサン館」（上田市前山）で第四十回「槐多《かいた》忌」が行なわれた。「槐多忌」とは、大正の初めに上田地方を放浪し、同八年二月に肺結核のため二十二歳五ヶ月で夭折した詩人画家村山槐多をしのぶ集いである。館が昭和五十四年春に開館していらい、毎年二月の第四日曜日に開催されてきた恒例行事だが、今年が最後の「槐多忌」となった。一部報道で知られる通り、このたび槐多作品約四十点をふくむ「信濃デッサン館」のコレクション三百数十点が、再来年善光寺そばにオープンを予定されている新・長野県信濃美術館に移譲されることになったからである。

槐多は私の青春を彩った憧れの画家だった。燃え狂うような色彩とタッチで描かれた絵、心を突き刺すような激しい詩、深酒と煙草におぼれながらモデル女や美少年に恋し、全速力で二十二年の人生を駆けぬけた火だるま槐多（高村光太郎が命名）。その槐多の絵を追いかけて上田を訪れたのが、私と信州との馴れ染めであり、それがやがて数年後、当地に「信濃デッサン館」を建設するきっかけとなったのだった。槐多がいなければ、塩田平に「信濃デッサン館」も「無言館」も誕生することはなかったろう。だから「槐多忌」は、槐多の作品や生涯を追慕する集いというより、私自身が年に一ど、自分の生きた半生をふりかえる祝祭だったといってもいいのである。

近くの公民館で行なわれた友川カズキさんのコンサート、詩人高橋睦郎さん、アナウンサー山根基世さん、それに私をまじえた公開鼎談が終ったあと、いつものように「信濃デッサン館」の前庭で大きな焚火がたかれ、前山寺ご住職の読経による槐多の法要が行なわれる。燃えさかる焚火をかこんで、北は北海道、南は沖縄から集《つど》った百人余の参加者が、トン汁をすすり地酒に酔う姿をみているうち、私は何ともいえない寂寥感におそわれた。いよいよこれで「信濃デッサン館」の四十年の営みに本当にピリオドをうつときがきた、と思って胸がつまったのである。

思い出したのは、大正二年槐多が従兄山本鼎を頼って上田を訪れたときに綴った「信州日記」の冒頭だ。

——あらゆる退化を示したる過去を振り切って自分はなつかしい信州へ来た。自分の新生は始まるのだ。

今読んでわかるのは、当時十七歳だった槐多が己に課した「過去を振り棄てる」という決意は、私が「信濃デッサン館」をつくったときと同じ心情だったということ。

高度経済成長下、東京山の手のスナック商売で金稼ぎに没頭していた私が、好きな絵をコレクションすることによって人生再生、まがりなりにも美術館という自己実現が果たせたのは、ここ上田の自然があってのことだった。槐多が「あらゆる退化を示したる過去を振り切って」信州を訪れたように、私もまた「新しい自分」をもとめてこの地に辿りついた放浪者だったのだと思う。

さて、これからどう生きるか。人の姿がまばらとなり、第四十回「槐多忌」の火が消えたのを見届け、私はゆっくりと立ち上った。

微罪の愉しみ

氷川きよしさんの「きよしのズンドコ節」に、〽向う横丁のラーメン屋、可愛いあの娘の支那《チャイナ》服、ちょいと目くばせチャーシューを、いつもおまけに二、三枚、という歌詞が出てくる。店で働く可愛い娘に、恋人のカレがウインクしたら、ラーメンのチャーシューが二、三枚サービスされてきたという歌詞。恋する二人はいいけれど、ラーメン屋の主人はさぞかしオカンムリだろう。いくら好きなカレへの娘心であっても、これはれっきとした「業務上横領」の行為なんだから。

この案件に対しては色々な意見があると思う。たしかに娘のとった行動は犯罪であり、たとえチャーシュー二、三枚であっても、雇われている店に損害をあたえることは許されないというお固い人もいれば、まぁ、若い二人の恋だもの、チャーシューぐらいは大目にみてやってもいいんじゃないか、というご仁もおられるだろう（私は断然こっち派）。

もうずいぶん前になるが、カーチェイスが得意だった人気俳優スティーブ・マックイーンが主演する「ブリット」という映画のなかで、刑事役のマックイーンが、露店で売っている新聞を、周囲をキョロキョロ見回したあとヒョイと一束失敬してゆく場面があって、観客がクスクス笑っていたのを思い出す。これなども「悪を罰する刑事が悪いコトをする」という矛盾行為に、何となく大衆は留飲を下げる（？）ものだという証拠のように思われる。

もちろん、いかなる理由があっても法は侵してはいけないし、社会のルールは守らねばならない。他者に迷惑や被害をあたえる行為をしてはならないのは当然だし、それによって平穏な日常は守られる。だが、そうしたことを承知しながら、私たちにはどこかで正義を裏切ったり、世間の常識に背いたりする行動を支持する深層心理があるのである。

それはたぶん、私たちの心に「体制に縛られたくない」「権力に負けたくない」という思いがつねに存在しているからだろう。あるいは、「自由でありたい」と希《ねが》いながら、不本意にも「不自由」を強いられる日常があるからなのだろう。そんな欲求不満をもつゆえに、私たちは新聞にも載らないようなチョットした微罪に快哉を博すのではないだろうか。

ともかく、政治の世界一つとっても、微罪どころか大罪、重罪が罷《まかり》通る世の中である。モリカケ問題から、文書改ざん、統計偽装、失言妄言政治家が何の責任もとらずにカッポする無茶苦茶な国会風景にはがっかりだ。「復興五輪」と銘うった「東京オリンピック」だって、今じゃそんな大義はどこへやら、原発事故で故郷を追われた何万人もの人々は置き去りにされ、八年経っても核燃料デブリの処理にはメドが立たず、捨て場のない核のゴミが延々とふえつづけている。加えて県民投票の「否」には知らぬ顔、沖縄辺野古の海に依然として土砂を投入しつづける狂気の基地政策……。

こんな状況のなかで、庶民がウサを晴らすとすれば、せいぜい立小便か、本屋の立ち読みか、深夜の人っ子一人通らないスクランブル交叉点を信号無視して渡ること（これが何とも気持ちイイ）ぐらいだろう。但し、良い子は真似してはいけませんよ。

「令和」集団催眠

「平成」から「令和」への改元フィーバーもようやく一段落したみたいだ。いや、まだかな。どうにもこうにも、四月末から五月にかけての皇位継承週間は、大晦日と元旦がもう一どやってきたような騒ぎで、テレビも新聞も「新元号を待って入籍した」だとか、「新元号入りのドラ焼き発売」だとか、「10連休でリフレッシュ！」だとか、祝賀ムード一色の話題であふれかえり、何だか国民全体が「令和」集団催眠術にでもかけられたんじゃないかといった不気味ささえ覚える。

相変らずのヒネクレ者で恐縮だが、私はとんと今回の「改元」には興味がない。万葉集ファンの一人として、新元号が日本古来の四季詠を讃ずる一文から採られ、また「レイ」という語韻がまことに涼やかな響きをもつ点など、そこそこいい元号に落ち着いたなという印象をもっているのだが、ま、そんな程度の感想。七十七年長々と横たわる水羊羹のようなわが人生に、「昭和」だの「平成」だの「令和」だのと、勝手に包丁を入れられたって困るのである。「それが一体何なの？」といった気分にしかなれない。

人はよく「昭和を生きた」とか「平成を駈けぬけた」とかいうけれど、個の人間はべつに「何々時代を生きた」なんて思っちゃいない。人は「自分の人生」を生きるのであって、歴史のために生きるわけではない。父母の精の一滴を得てこの世に生まれ、それぞれがそれぞれにあたえられた愛別離苦のイバラ道を必死にあるき、天寿をまっとうとする。「歴史」とは、そうした個の営みの集積に対して語られるものであって、「昭和」も「平成」も「令和」も、たまたまその人の生が得た偶発的（？）な時代背景にすぎない。場合によっては、私は幕末か明治に生まれていた可能性だってあるのである。

それにしても、？いっぱいになったのは、現上皇が最後の言葉をのべられた退位会見で、（私がひそかに集団催眠の首謀者と疑っている）現総理が「国民代表」として登場、天皇への謝辞を例のテフロン加工のツルツル声で読んでいたことだ。いったい、この「国民代表の言葉」はだれが書いたの？「象徴天皇」三十年、愚直に世界平和を願う巡礼旅に身を賭してこられた上皇と、憲法改正実現、核存続に余念のない総理が対《むか》い合う空疎なセレモニーには、見ていて目眩をおこすほどの衝撃をうけた。

かりにも「国民を代表」する上皇さまへの謝辞なら、もう少し私たちのナマの声を届けてほしかった。たとえばノーベル賞受章ＩＣＡＮのサーロー節子さんとか、フクシマの詩人和合亮一さんなんかに文案を練ってもらったら、もっと適確に上皇さまの労をねぎらう言葉が届けられたんじゃないかと思う。

もう一つ、陛下がしばしば語られる「国民に寄り添う」、あるいは「被災地の人々に心を寄せる」といった同じ言葉を、総理も謝辞のなかで使っていたが、「心を寄せる」とは「たがいに心を寄せ合う」ということ。この「たがいに」が大事。私はこれまで何ども、自分だけ一方的に女性に心を寄せて逃げられたことがあります（関係ないけど）。

「そのまま」が好き

パリのノートルダム大聖堂が炎上し、さっそくマクロン仏大統領が「五年内に復元する」と宣言したら、「そんなに急ぐべきではない」という世論が噴出、再建案をめぐっても「元通りにすべき」という意見もあれば、「いっそこの際新しいデザインにしてみたら」という提案まで出ててんやわんやだそうだ。

私はどちらかというと「そのまま派」である。「元通りにする」といったって、今回失火によって焼け落ちた寺院の象徴である尖塔部分や、五世紀に創建されたという歴史的装飾のほどこされた建物を再建させるとなれば、莫大な費用がかかるだろうし、年月もかかるだろう。それなら、音響的にもすぐれているハモンドオルガンをはじめ、フランス初期のゴシック建築で知られる脇祭室など復元可能な箇所は復元するとして、それ以外の部分は「そのまま」にしておいてもいいんじゃなかろうか。

参考にはならないだろうが、わが「無言館」に展示されている画学生の遺作の修復もそういう方法をとっている。戦後七十余年の時間の経過のなかで、遺族らの手で守りつづけてこられたかれらの作品は、どれもが今や深刻な破損や劣化に見舞われているのだが、作品の修復を担当されている修復家の山領まり先生はこういわれる。「かれらの絵が蒙《こうむ》った歴史の仕打ち、戦後かれらの絵がいかに無いがしろにされてきたかという事実こそ、私たちがのこさなければいけないものなのです」。

たとえば、「無言館」のシンボル的作品である「飛行兵立像」。これは特攻兵として出陣してゆく少年の直前の姿を、当時「養成所」の美術教師だった大貝彌太郎（かれも三十八歳で結核死している）が描いた作品だが、絵の具のほとんどは削れ落ち、画面ぜんたいにいくつもの亀裂線が入り、もはや少年兵の表情さえ定かではない。だが、そのジグソーパズルのように無惨に破壊された画面であればこそ、いっそう少年兵の覚悟と悲哀が伝わってきて生々しいのだ。山領先生は、作品の劣化がこれいじょうすすまぬように最大限の手当てをした上で、その絵が辿った「戦後七十余年」の傷をそのまま大事にのこしておきたいと仰言《おっしゃ》るのである。

ふと思うのは、去年三十九年の歴史に幕を下ろした「信濃デッサン館」のことだ。

すでに知られる通り、収蔵されていた村山槐多や関根正二のコレクションは今年長野県に正式に寄贈（一部譲渡）され、今や同館は廃墟同然。この建物を、今後どう再生してゆくかが目下の大課題なのだが、最近では徐々に「このままでいいんじゃないかな」という気持ちに傾いている。

何しろ四十年近く、手入れ一つしてこなかったオンボロ美術館なので、あちこち傷んでいることはじじつなのだが、それもまた「信濃デッサン館」という日本初のデッサン専門美術館が辿った歴史の勲章だろう。今更この美術館に新しいコンクリートを流し、新品の窓ガラスを入れ、壁を塗り直したからって、だれも喜びはしない。

半分傾いたわが廃墟美術館に、今年も前庭のソメイヨシノは見事な花吹雪をそそいでいた。人間でも美術館でも、一番幸せな最後は「自然死」であり「老衰死」だろう。

「孤独」と健康

　私は昭和五十四年に「信濃デッサン館」を開館していらい、ずっと上田で一人暮ししている。結婚五十五年になる女房は東京でやはり一人暮し、二人の子はとっくに自立して別のところに住んでいる。早いはなし、わが家族は私が上田に美術館をつくってから、約半世紀にわたって一家離散（?）の生活をおくっているのである。

「お一人でさみしくありませんか?」と人に聞かれることがあるが、そんなにさみしさを感じたことはない。三歳上の妻とは、私が東京世田谷で小さなスナックを経営していた頃には朝から晩までいっしょに働いていたし、私が三十三歳のとき一念発起して「上田に美術館をつくりたい」といったときにも、当時三十六歳だった妻は一言「やりたいならやったら」。すでに認知症のケが出ていた老父母の世話や、三歳、五歳の長女長男の子育てで精いっぱいだった妻にしてみれば、私という同居人が一人減るのはむしろ朗報だったのかもしれない。因みに、当時彼女は「上田」が信州のどこにあるのか、私が建てようとしている「信濃デッサン館」がいかなる美術館なのか、夫が夢中になっている村山槐多がどんな画家であるかなど、まったく知らなかったというのだから畏れ入る。

　ともかく、それから四十余年間、私は上田で気ままな独身生活をおくっているわけだが、さっきもいったようにさほど不便や不安を感じたことはない。もともとスナックあがりの男だから、ちょっとした手料理はお手のものだし、原稿書きのあいまにちょこちょこっと肉ジャガをつくって一杯やるのは格別。「物書きには一人暮しが一番」だの、「孤独の中からしかいい作品は生まれない」だのとうそぶきながら、悠々自適なチョンガー暮しを満キツしているのである。

しかし、先頃とつぜん急性肺炎という病にたおれ、市内の病院に約一ヶ月にわたって入院することになって事態は一変した。これまで一どとして（！）私の住まいを訪ねてきたことのなかった老妻が、十六歳になるヨボヨボ愛犬をつれてわが「創作の聖域」である上田のマンションを占拠したのだ。妻だけじゃなく、私の見舞いのために長男、長女夫婦も交代でマンションに泊まりにくるようになり、病院で点滴している私は何とも落ち着かない。（実際にそんなことはなかったのだが）老犬が書庫のすみでオシッコしてたり、書きかけの原稿用紙の上に湯呑茶碗がのっていたりする夢をみて、夜中に何ど飛び起きたか知れやしない。ようやく肺炎が治って退院、家族のいなくなった「聖域」にもどったときの、何と晴れ晴れのびのびした気分であったことよ。

今回の経験がしみじみ教えてくれたのは、私もいつのまにか七十七歳、いくら「孤独」を気取っていても、それは「健康」であってこそあたえられるものだということ。身体をこわしたら、「一人肉ジャガ」もヘチマもあったもんじゃない。人の手を借りなければ、一行の文章も書けなくなるし、一冊の本も読めなくなるのだから。「今度倒れたって知らないからね」上田駅を去りぎわに別居妻がのこした捨てゼリフである。

筆を折る

「筆を折る」という言葉がある。他にも「筆を擱《お》く」とか「筆を絶つ」とかいう言い方もあるが、物を書くことを生業《なりわい》としてきた者が、思想的、文学的な行き詰まりによって、あるいは自らの才能の限界を悟って、ついに「文章を書く」という営みにピリオドをうつことをいう。

もっとも、大半の物書きは年令を経るにしたがって、肉体的、精神的に「文章を書く」という労苦に耐えられなくなって「筆を折る」ケースが多い。いくら新しいテーマや物語がうかんでも、原稿用紙のマス目を一字一字埋めてゆく作業には、想像いじょうの体力、気力が必要となる。私ぐらいの年齢になると、若い頃のように、勢いにまかせて徹夜して何十枚も書きとばすとか、同時にいくつもの連載をこなすなんてことは夢のまた夢。要するに、年には勝てないのである。

過去をふりかえると、だいたい「物書き」の現役寿命は八十歳くらいが平均のようだ。

親しくさせていただいていた大岡昇平先生や中野孝次先生も七十九歳で逝去されているし、わが父水上勉も亡くなったのは八十五歳だったが、七十九歳のときおそわれた心筋梗塞、その後の脳梗塞によって言葉を失ない、八十歳以降はすっかり元気をなくして、ほとんど新作らしい新作を書けなくなった。そう考えると、まさに「書くこと」は「生きること」、文士にとって「筆を折る」というのは、やはり自らの生命の火がとことん燃え尽きたときであるといっていいのだろう。

そんななかで、たとえば野上彌生子は百歳になっても長編小説を書きつづけたし、宇野千代は七十代から八十代にかけて名作をいくつも発表、現役組では瀬戸内寂聴さんも八十、九十すぎてからバンバン新刊を出している売れっ子作家である。私の敬愛する加賀乙彦先生は、九十歳となった今も健筆をふるわれ、近年全七部作の自伝的小説「永遠の都」、五部作の「雲の都」を上梓されている。先生は文筆活動だけでなく、現役の精神科医であり、軽井沢高原文庫の館長をつとめるなど多くの要職もこなされているのだから、そのタフネスぶりには感服するばかり。

だから、自分もせめて八十をこえるくらいまでは、新しい作品に取り組むエネルギーを失ないたくないと思っているのだが、さてどうなるやら。書きたい作品のプランは次々とわいてくるのだが、一向にペンのすすまぬ毎日である。とくにこのところ、入退院ばかりくりかえしているわが衰えぶりをみていると、もうそろそろ「筆を折る」ときが迫っているのかも、なんて考えてしまう。

しかし、「筆を折る」からには、文字通り刀の柄《つか》が折れるような筆の折り方をしたいものだと思う。最後の最後まで、渾身の言葉で原稿用紙を埋め、一行、一節たりとも気のぬいた文章を書かず、ある日忽然と机の上にペンを置いて逝く、というのが私の「筆を折る」理想の姿である。

物書きの端クレなら、だれもがそう願うと思うのだが、どんなに才能がなくても、有名になれなくても、最後の一行までウソのない、自分の本当の言葉を書いて死んでゆきたいな。

「生ききる」とは

ダニエル・クレイグさん主演の人気スパイ映画「007」最終作のタイトルは「NO TIME TO DIE（死ぬ時間はない）」だそうだ。最近私をテーマにSBCさんがつくってくれたドキュメンタリー番組の題名は「生ききる」（近くTBS系で全国放映）だったが、さすがに「007」の迫力にはかなわない。「生ききる」は寿命を使い切る、または使い果たすという意味だが、「死ぬ時間はない」は「死なない」ということであり、「私の命は永久不滅」と言っているにひとしい。「生ききる」なんて軽くふっとぶ。

初告白だが、じつは「生ききる」という題名は、私がたまたま今年の年賀状に書いた言葉をSBCのディレクターさんが気に入って採用してくれたもの。そもそも私が「生ききる」という言葉を思いついたきっかけは、昨年夏東京慈恵医大病院でがんの手術をうけたとき、執刀されたT先生から術後に渡された「病理組織診断報告書（手術結果についての所見報告書）」にあった「取り切る」という言葉に感銘をうけたからだ。T先生は私のがん病巣を「取り除いた」と記述してある箇処を、「取り切った」という表現に訂正されたのである。単に「取り除いた」のではなく、「完全に取り切りました」と断言してくださったのである。難しい医学用語のならぶ「報告書」のなかに、実際に私の身体にメスを入れた医師が書いてくれたこの「取り切る」という言葉が、どれだけ患者である私の心を励ましてくれたか知れやしない。

何をいいたいのかといえば、「生きる」と「生きる」、「取る」と「取り切る」では大違いなのである。人生を無難に順調に「生きる」という表現にくらべ、人生の困難を自ら切りひらいて生きるのが「生ききる」。がん手術してくださったT先生の「取り切った」という言葉には、「手術に成功しました」「がんを完全に取り切りました」という自信と確信がみちあふれているのだ。

天下の「007」にタテをつくわけではないが、だいたい私は「死ぬ時間はない」なんて言っている不死身の人間には興味がない。どんな人間も寿命がくれば死ぬのである。ダニエル・クレイグ扮する007は、例によって水陸両用ミサイル弾搭載の車に乗り、美女を片手に相手を片っぱしからやっつける英雄なんだろうけど、「死ぬ時間はない」なんて言ってる奴に本当の愛情や友情なんてわかるもんか。人間の一生は「いつかかならず死ぬ」からこそ、大切な人との出会いがあったり、別れがあったりするのである。

そういえば、SBCの「生ききる」のラストシーンは、私が急性肺炎にたおれて救急車に運びこまれる哀れな場面で終っている。私はおかげさまで、二ヶ月後には退院し今ではピンピンしているのだが、このあいだてっきり私が死んだと思ったそそっかしいファンの一人が、わざわざ「無言館」に香典を届けにきてくれたそうだ(本当の話です)。受付の者から私が生きているとつげられると、少々がっかりした顔で帰って行かれたそうだが、私は007とちがっていつ死ぬかわからぬ人間ですから、どうか今後ともよろしく。

「ハンセン病文学」再読

ここにきて、「ハンセン病文学全集」全十巻（皓星社）を読み直している。

第一巻の冒頭は、やはり北條民雄の「いのちの初夜」だが、療養所に強制収容され無期囚のような「生なき生」を強いられた癩者の絶望が、病院内の特異な風習や生活の描写、閉ざされた癩者同士の会話のなかで、静かに語られるハンセン病小説の記念碑的作品である。その他にも北條民雄の事実上の第一作にあたる「間木老人」や、豊田一夫の「兄の死」、宮島俊夫「癩夫婦」など、読みすすむうちにかれらが置かれた極限の孤独、人権迫害の残酷さへの憎悪感がこみあげてくる。

もうだいぶ前に読んでいたはずのこれらの作品を、とつぜん再読する気になったのは、去る七月だったか、それまでのハンセン病患者への不当な差別に対して、初めて政府を代表して安倍首相が患者の家族訴訟原告団に謝罪したという記事を読んだからだった。明治時代に患者を隔離する政策がとられ、一九三一年に強制入所が始まり、それがいっそう偏見と差別を助長、薬による治療法が確立してからも、一九九六年に完全廃止されるまで隔離政策はつづけられ、患者のみならず家族までが激しい差別にさらされてきた。国は二〇〇一年に責任を認め、遅ればせながら患者家族に対する救済を始めたものの、首相が正式に謝罪するまでさらに十数年を要したのはなぜなのか。

「いのちの初夜」に出てくる、主人公にむかって忠告する先人入所者の、「誰でも癩になった刹那に、その人の人間は亡びるのです。死ぬのです」という言葉の重さ。ハンセン病への誤解と無理解、患者に対する差別の歴史は、病みし者たちへの「殺意」なしにはあり得ぬものだったことを私たちは知るべきなのだ。

じつは、この全集には生前親しくさせてもらっていた桜井哲夫さんの小説も入っている。桜井さんは一九二四年青森生まれの詩人、小説家。十三歳のときに癩を発症し、みるみる顔の形が崩れ眼の玉が白くなってゆき、やがて失明、顔の真ん中に貝殻を一つ埋めこんだような眼球だけがのこった。しかも手の指は全部もがれて両手はこぶしだけ。全盲にして全身の知覚を失なった桜井さんは、十七歳で群馬県草津の「栗生楽泉園」に入所し、そこで賄いをしていた女性と結婚するのだが、その奥さんも白血病で二十七歳で亡くなり、以後桜井さんは鉄格子のはまった四畳半の病棟で、ただひたすら創作にうちこむ日々をおくり、詩集「津軽の子守唄」(編集工房ノア)や、小説「盲目の王将物語」などを発表。

私の「信濃デッサン館」で哲《テツ》ちゃん(桜井さんの愛称)の詩の朗読会を行なったのはたしか二〇〇七年の春で、哲ちゃんが八十七歳で亡くなる四年ほど前だった。いらい私は何回か栗生楽泉園の哲ちゃんの部屋を訪れたり、園のお風呂に入らせてもらったりした思い出があるが、あるとき哲ちゃんが「らいは憎い病気だけど、恨んではいません。らいがあったから私は差別する人間社会の悲しみを知り、詩を書き小説を書くことができたのですから」

愛嬌のある一ツ目小僧のような顔をほころばせた言葉が今も記憶にある。

はるかなり「青春」

秋冷えのせまるこの季節、たてつづけに淋しい便りが二つとどいた。

一通は松本で小劇団「であい舎」を率いてきた杉本彰さんからの、「三十四年続けてきた活動をしばらく休止します」という便り。「理由は私自身の根気がなくなったからです」とは、いかにも杉本さんらしい率直な弁だなと思う。啄木をモデルにした軽妙な文芸劇など、年一回行なわれる舞台を何どか観せてもらったが、気づいてみたら、杉本さんも私の二、三歳くらい下の年になっているはず。

もう一つの淋しい知らせは、これも安曇野の穂高で三十八年間「有明美術館」を営んできた松村英さんからの、「このたび閉館のやむなきに至りました」という通知。穂高の地で、「原爆の図」の画家丸木位里、俊夫妻の展覧会、「初年兵哀歌」で知られる浜田知明の彫刻、素描展、ドイツ表現派の版画家ケーテ・コルビッツ展など、骨のある企画をいくつも発表してきた「有明美術館」は、信州に数ある小美術館のなかでも異彩を放つ存在だった。当年九十歳におなりになったという松村さんの、長きにわたるご苦労に敬意を表したい。

おどろかれるかもしれないが、じつは杉本さんも松村さんも、私が昔芝居をやっていた頃の役者仲間である。

私は東京世田谷でスナックをはじめた昭和三十八年前後、ほんの短いあいだだったが演劇に没頭していた時期があった。本当は演出家か脚本家になりたかったのだが、開業したスナックの二階に「キッド・アイラック・ホール」という小さな芝居小屋をつくり、そこで役者まがいのことをやっていた。杉本さんとはその頃、「二人で劇団をつくろう」とまで意気投合した仲だったのだが、いつのまにかかれは郷里の松本に帰って石彫店「彫り枡」の主人となり、そのかたわら地元の演劇青年をあつめて「であい舎」を結成した。因みに、現在「無言館」の慰霊碑に新しい画学生が見つかるたびに刻名してくれているのは「彫り枡」の杉本さんである。

そして、松村英さんはといえば、私が演劇修業に通っていた演出家八田元夫氏主宰の「東京演劇ゼミナール」(現在の名門劇団「東演」の前身)に所属していた大先輩の女優さんで、私が上田に「信濃デッサン館」を開館してまもなく、「私も父のコレクションをかざる美術館をつくりたかったの」と相談にこられ、三年後に劇団を退団されて「有明美術館」が誕生したのだった。

お二人の「休業」「閉館」通知を受けとって、愈々自分たちの青春も遠くなったな、といった感慨におそわれたのだが、かくいう私も一昨年に五十二年間続けた「キッド・アイラック・ホール」を閉じ、昨年三月には「信濃デッサン館」を閉館、今は最後にのこった「無言館」のお守りをするのに四苦八苦の日々である。杉本さんのように、「根気がなくなりました」とあっさり白旗をかかげる勇気をもてないのが情けない。

もっとも、杉本さんにしても松村さんにしても、お見うけしたところまだまだお元気だ。芝居には、幕が降りたあとの「カーテン・コール」というのがある。私はどこかでそれを期待しているのだけど。

抱きしめよう

「日本うたごえ全国協議会」からの委嘱で六篇の詩を書かせてもらったのは四年半前のこと（詩集「くちづける」所収）。それが作曲家池辺晋一郎さんの名タクトによって混声合唱曲「こわしてはいけない――無言館をうたう」となり、現在上田、神戸をふりだしに全国各地を巡回中だ。ついこのあいだは、佐賀市文化会館に行ってきたが（池辺さんと対談）、台風直下の日だったにもかかわらずホールは満席の盛況だった。

「こわしてはいけない」は、最初は「こわれそうなもの」というタイトルだったのだが、「こわれそうなものをぼんやり見ていてはいけない、今や私たちは平和憲法を絶対にこわしてはいけないという意識をもつべき」という池辺さんのアドヴァイスをうけて急きょ変更されたもの。いわれてみればその通りで、池辺さんは私の詩がまだ今一つ憲法改正問題に対して及び腰であることを、ピシャリと指摘してくれたのである。

他にも、今回の合唱組曲の詩を書いて、ヘボ詩人が学んだことは多かった。

一つは合唱という音楽形式が、きわめて「無言館」という美術館の成り立ちを表現するのにふさわしいものであったこと。まだ美術館ができていない頃、私は約三年半をかけて全国のご遺族を訪ねあるき、戦死した画学生の遺作を収集してきたのだが、十点、二十点と作品があつまるにしたがって、かれらの絵の底から聞こえてきた「生きたい」「描きたい」という声を今も忘れていない。一点一点は、たとえまだ未熟な絵であっても、それらが一つに束《たば》ねられると、一点の絵が発する声の何倍もの「命の声」となって私の心をゆさぶるのだ。

合唱を聴いていても同じことを感じる。現在各地で合唱団に参加されている人の多くは、声楽の専門家でもプロでもない市井の一主婦であり一庶民である。しかし、その一人一人の声が何十人、何百人の声に束ねられると、個のもつ「平和をもとめる声」が大きな歌声となって聴く者の心にとどく。合唱っていいものだな、と思った。

私の書いた六曲のうちの最後の詩は「抱きしめよう」。どこの会場でもたいていこの曲がカーテン・コールでうたわれる。

愛する人を抱きしめよう／泣いている人を
抱きしめよう／さみしそうな人を抱きしめ
よう／かなしみを、よろこびを／くるしみ
を、にくしみを／抱きしめよう
今ここに生きている／人間ぜんぶ抱きしめ
よう／両手でギュッと／ギュウッと抱きし
めよう

書いた当人がいうのも何だけれど、私はいつもこの「人間ぜんぶ抱きしめよう」というところで涙ぐむ。

人が人を抱く姿は美しい。わけても母親が子どもを抱く姿が好きだ。私は二人の幼な児をもつ長男の嫁にいつもこう言っている。「どんなことがあってもわが子を抱きしめなさい。幼い頃お母さんに抱かれたことのない子は、かならず将来ヒネクレ者になるから」

ほんの少し、私の経験が入っている。

世間の評判

たいていの人は「評判」を気にする。私もそうで、自分が世間にどう思われているか、どう評価されているかが気になる。評判が悪いと、本も売れなくなるだろうし、講演の依頼も少なくなるだろうし、「無言館」の来館者数にだって影響が出てくる。だいたい自分が相当数の人から嫌われていると思うだけでも、かなりへこむ。

ただ、「世間の評判」ほどアテにならぬものもない。本当はもっと高く評価されるべき人が、着ている服の趣味がどうだとか、最近若いお嫁さんをもらったらしいとかいった理由だけで、あっというまに「好感度」が上がったり下がったりする。「世間」ほど移り気で無責任なものはないし、庶民の自由で自然な感想を反映するものはないのだが、それだけにコトの本質を見ぬく力をもっていることも事実。

早いはなし、史上最長の在任期間を記録している現総理大臣だって、国民みんなに好かれているわけではない。アンケートによれば「人柄が信用できない」なんて感想も多いそうだし、内閣を支持する理由でも「他に適当な人がいないから」と答える人が三分の一をこえているくらいだから、ま、アベさんもそんなに喜んではいられないのである。

しかし、この「世間の評判」がもたらす最大の罪は、政治の世界だけでなく、メディアやジャーナリズムにも多大な影響をおよぼしていることである。テレビや新聞までが、今や「評判」至上主義におちいっているのではないか、と不安になる。町の煎餅屋やまんじゅう屋さんが評判を気にするのは当り前だが、世の中の出来ゴトを正確に報道し、国民に健全な思考や判断をうながす羅針盤であるべきメディアが、こう書いたら視聴率（購読率）が上がるだろうとか、こういう批判をしたらスポンサーの機嫌をそこねるんじゃないかだとか、「世間の評判」を気にしはじめたらオシマイである。

だいたい、「評判」がいいものは疑ってかかれというのが私の信条である。

どんなに行列ができているラーメン屋だって、肝心なのはその味覚が自分の舌に合うかどうかだ。評判の展覧会も、評判のコンサートも、評判の観光名所も然り、「評判がいいこと」と「自分にとって価値あること」とは別モノである。ましてや選挙ともなれば、いくら候補者が若くてイケメンでも、まずは自分の眼と耳でその候補者の実像を確かめてから一票、というのが常識だろう。

話はかわるけど、私が「無言館」を開館してまもない頃、館員が館の宣伝ポスターを貼ってもらおうと市内のある喫茶店を訪ねたところ、そこの主人から「おたくの館長さん、どうも好きになれないんだ。ポスター貼るのはごめんだね」と言われてションボリ帰ってきたことがあった。私もいっしょにションボリしたが、あの頃私はあちこちのマスコミに引っぱり出されて有頂天、自分の好感度はマックスに達していると自惚《うぬぼ》れていたのだが、世間にはそんな「評判」にピクリとも惑わされない人もいたのである。

あれから二十年、今では私の評判も少しは回復して……なんてことはないよね。

第5章 「無言館」の庭から③ 「あの時代」の記憶

金子兜太氏の揮毫による「俳句弾圧不忘の碑」

「あの時代」の記憶

あまり話題にはならなかったが、二〇一七年九月末から十二月初めにかけての約二ヶ月間、北海道の市立小樽文学館で「窪島誠一郎展」がひらかれた。同館々長の玉川薫氏が私とは三十五年来の付き合いのある盟友で、玉川氏は文学館に奉職していらい、ずっと私という人間（あるいは仕事）に関心を寄せてきて、いつか在任中に「窪島誠一郎展」を実現したいと考えていたのだという。

展覧会が開催される直前の、『図書』（岩波書店二〇一七年九月号）に載った「窪島誠一郎さんのこと」と題したエッセイの中で、玉川氏は私との馴初《なれそめ》をこんなふうに書かれている。

小樽文学館学芸員という仕事を三五年いじょうも続け、ずいぶんたくさんの人に会ってきた。たくさんの人に会ったといっても、たいがい文学展を行うため、その作家の関係者（まれに本人）に会うのであり、それが終われば縁は薄れる。

そんななかでほんの数人、繰りかえし巡り会う人がいる。窪島誠一郎さんはその一人だ。初めて会ったのは一九八四年に行った小熊秀雄（小樽生まれ、樺太育ち、旭川で新聞記者をやり、池袋長崎町のアトリエ村近くに住んだ詩人。絵も得意とした）展のため、信濃デッサン館所蔵の作品を借り、講演を頼んだときで、それは明大前のキッド・アイラック・ホールでだった。

キッド・アイラック・ホールの名前は、札幌で暮らした大学生のころから知っていた。浅川マキの「裏窓（1973・4・13明大前キッド・アイラック・ホールにて収録）」と書かれたEP盤は何度も聴いた。「喜怒哀楽ホール」。一ど聴いたら、忘れられない名前だ。

ホールの入口、小さなロビーのような場所で待っているように言われた気がする。イベントの準備作業中で、忙しく立ち働いている人たちは、みんなとても若く、明るく、楽しげだった。フランクに話しかけてもくださった。私の緊張も徐々にほどけた。

（略）

現れたのは黒いタートルネックのセーターの上に黒いコールテンの上着をはおり、細いジーパンをはき、ぼさぼさの長髪で額を覆った暗い表情の大柄の人だった。せっかちな風ではなかったが、全身から「この人には時間がない」ことが伝わってきた。

そうそう、そうだったと思い出す。玉川氏と出会ったのは、詩人小熊秀雄の展覧会を小樽で開催するために、氏が「信濃デッサン館」のコレクションする小熊の絵の貸し出しを依頼しに私に会いにきたのがきっかけだった。小熊は戦前から貧しい画家や詩人が蝟集《いしゅう》していた豊島区東長崎界隈を「池袋モンパルナス」と命名した詩人であり、色彩力ゆたかな油彩画「夕陽の立教大学」や「自画像」、開明墨汁で描かれたスピード感あふれる人物や風景のデッサンが高い評価をうけるいっぽう、代表作「しゃべりまくれ」をはじめ、鋭い社会批判、時代諷刺にとんだ詩をいくつものこし、昭和十五年に三十九歳で死んだ詩人。私は早くからその小熊秀雄の絵や詩に惹かれ、コレクションにも精を出していた。玉川氏はそんな小熊の展覧会を自らの小樽文学館で開催するべく、はるばるその日東京にいた私のもとを訪ねてきたのである。

もう一つ解説しておかなければならないのは、玉川氏が学生時代から知っていたという「キッド・アイラック・ホール」のこと。

これは私が昭和三十八年に世田谷明大前にスナックを開業した翌年、店の二階を改造してつくったいわゆる小劇場にギャラリーを併設した多目的ホールで、ホールではその頃私も会友として参加していた新象作家協会（主体美術やモダンアートから岐《わか》れて結成された若い抽象画家のグループ）に所属する山下治、下田悌三郎、江田豊といった血気さかんな画家たちの個展がひんぱんに行なわれ、そこには日野皓正とか坂本龍一とか坂田明とか近藤等則とか、当時フリージャズの世界で活躍していた若手のミュージシャンも多く出入りしていた。「頭脳警察」のPANTAやTOSHIをはじめ、「ブレッド・アンド・バター」「ジプシーブラッド」「オレンヂペコ」といったユニット、まだデビュー前だった「アルフィー」の坂崎幸之助や高見沢俊彦の姿もあった。ソロ歌手では荒木一郎、浅川マキ、長谷川きよし（かれらはアングラ歌手とよばれていた）らが、毎日のように黒い壁にかこまれた小さな空間でライヴをひらいていた。客の入らない日がほとんどだったので、ホールの経営は、階下のスナックで焼きうどんやカクテルをつくるマスターの私の稼ぎにかかっていたのだが、催される企画の大半は私のプロデュース、因みに玉川氏がよく聴いていたという浅川マキの「裏窓」は、まだ天井桟敷を設立してまもなかった寺山修司と私とで合作したドーナツ盤のレコードである。

小樽文学館でひらかれた「窪島誠一郎展」は、そうした私の仕事の流れが四つの章に分けて構成され、一章は昭和三十九年に開業し一昨年十二月に五十二年間の活動に幕を下ろした「キッド・アイラック・ホール」の歩み、二章は昭和五十四年六月信州上田に開館した「信濃デッサン館」の三十九年八ヶ月の歴史、三章は平成七年五月にオープンした戦没画学生慰霊美術館「無言館」の現在にいたるまでの活動、そして四章めが約百冊にのぼる私の「物書き」としての仕事に焦点をあてた展覧会であった。

びっくりしたのは、会場の入り口そばに、私が昭和三十八年世田谷明大前に開業したスナック「塔」の店内が見事に復元されていたことで、そこには当時流行していた年代モノのジュークボックスまでが鎮座し、来館者がコインを入れて当時の流行歌を楽しめるといった趣向がこらされていた。きけば、当時の店のインテリアや装飾は、私の最初の小説「父への手紙」（筑摩書房刊、一九八一年）がＮＨＫで連続テレビドラマ化（私の役を永島敏行さん、妻の役を檀ふみさんが演じた）されたときのビデオを参考にしてつくられたのだという。「窪島誠一郎展」というタイトルのよこには、「信濃デッサン館」「無言館」という副タイトルもかかげられていたのだが、玉川薫氏の展覧会の狙いが、私がやってきたこれまでの美術館活動や著作活動をふりかえるだけでなく、私という人間が戦後の混乱期をふくめ、「昭和」「平成」という時代をどう生き泳いできたかという視点にあったことは、これをみても明らかだったろう。

というより、今になってわかるのだが、玉川薫館長はこの展覧会によって、私が「信濃デッサン館」、とくに「無言館」に関わるようになってから、しだいに「キッド・アイラック・ホール」時代にあった社会や時代に対する抵抗精神というか、「公」にむかって果敢に立ち向かう「個」としてのエネルギーを失なってきたのではないかと指摘しているのである。そしてそれが、今や美術人としての私がかかえる最大の苦悩ともなっているのではないかと案じているのだった。

エッセイ「窪島誠一郎さんのこと」には、そのあたりのことがこんなふうに語られている。

今年（筆者註・二〇一七年）、九月三〇日から市立小樽文学館主催「無言館二〇年　窪島誠一郎展」をおこなう。無言館・信濃デッサン館の収蔵作品展ではない。

窪島さんの著書は、恐らく八〇冊いじょうに及び、新聞・雑誌への寄稿は数知れない。文筆家・窪島誠一郎の作品を文学館で紹介するのはまったく自然なことなのだが、さらに窪島さん本人を掘り下げてみたい誘惑にかられている。

サブタイトルのとおり、この二〇年の窪島さんは「無言館」に集約されているだろう。無言館開館前の最初の戦没画学生遺作展は、奥様の故郷、北海道岩内町で行われ、私も実際圧倒された。

窪島さんが「無言館」に携わらずにはいられなかったことは良く分る。ただ窪島さんの苦しさは、「無言館」以後、加速度的に増してきていて、それは傍目にもつらい。

キッド・アイラック・アート・ホールのスタッフによって丹念に保存された段ボール箱一八個に及ぶ「窪島誠一郎資料」は、ホール閉館後、信濃デッサン館槐多庵に移されていたが、「窪島誠一郎展」準備のため、先般そのすべてを預かった。いま窪島さんが新聞・雑誌に寄稿した膨大な記事や、デッサン館・無言館の特別展、巡回展のリーフレットなどのリストを作りながら読み込んでいるのだが、窪島さんその人より、窪島さんを受け取る世間が「無言館」一色になっていくさまが延々とどまることがなく、それがだんだん重苦しくなってくる。

玉川氏の展覧会の準備段階での心境だが、読んでわかるのは、玉川氏は「キッド・アイラック・ホール」という若い表現者たちの、いわば時代の吹き溜《だま》りとでもいっていい空間の管理人（？）

のような仕事をしていた私が、やがて大正昭和に夭折した画家たちの絵をあつめた「信濃デッサン館」をつくり、十数年後戦没画学生の遺作を渉猟して隣接地に「無言館」を開館するまでの足跡を追いつつ、実は窪島は今、人知れぬ苦悩と迷いのなかにあるのではないかと推測しているのである。長いあいだ若いアーチストらの橋頭堡であった「ホール」を一昨年ついに閉じ、昨年は三十九年間営んできた美術館「信濃デッサン館」の閉館も決意、今や最後にのこされた「無言館」を背負って歩く窪島誠一郎に、「これはクボシマが本当にもとめてきた仕事なのか」と疑問を呈しているのである。

たしかに（当事者である私が観ても）、玉川氏の手で開催された「窪島誠一郎展」は、高度経済成長期に水商売で金を貯め、人並の衣食を手に入れたのち、好きな絵描きの絵をコレクションして二つもの私設美術館を建設した、いわゆる「成功者」としての窪島の足跡を辿るのではなく、どちらかといえば激変する戦後の時代の波に押し流され、押しもどされ、しだいに私が「自分の進むべき方向を見失なってゆく」過程をとらえた展覧会ともうけとれるのだった。

たとえば四つの章に分けて陳列された展示物の中で、もっとも多く出品されていたのは「キッド・アイラック・ホール」時代の資料である。すでにセピア色に変色しかかっている、なつかしい白石かずこ、諏訪優、吉増剛造ら先鋭詩人の自作詩の朗読とフリージャズのメンバーとのコラボ写真（もちろん私のプロデュース！）や、その頃の小劇場運動の旗手だったキッドブラザースの東由多加や、売り出し中だったつかこうへいの演出風景、大野一雄や田中泯ののたうつような舞踏劇、狂ったように深夜の甲州街道に鳴りひびいていた坂田明、高木元輝たちのサックス（交番に苦情が殺到した）、夜っぴいて行なわれた若松孝二監督のエログロ映画会（私たちはしょっちゅう北沢警察署によび出され始末書を書かされた）のパンフ、そこには若い表現者たちが、眼にみえぬ掟や体制に抵抗し体当りして「表現する自由」を謳歌する、「あの時代」の空気がじゅうまんしているのだった。

小樽市文学館の「窪島誠一郎展」は、音楽や舞踏や演劇といったあの時代の息吹を伝える自己表現の熱さと、「美術」という物言わぬ表現行為の可能性に賭けた画家たちの絵を収集するという、どこか奥歯にモノのはさまったような仕事との、文字通り「動」と「静」の対立を表わし、窪島誠一郎もまた、その「動」と「静」のあいだを今も揺曳《ようえい》しつづけている人間なのではないかといっているのである。言い方を変えるなら、窪島は無言の絵がもつ社会や時代へのメッセージを、だれの力も借りず窪島自身の言葉で発信し代弁しつづけることに、もう疲労困憊してしまっているのではないかといっているのである。

「窪島さんその人より、窪島さんを受け取る世間が『無言館』一色になっていくさまが延々とどまることがなく、それがだんだん重苦しくなってくる」と嘆息する玉川氏は、さらにつづけてこう書く。

窪島さん自身が率直に書いているから、それに重ねるようなことはしないが、窪島さんが手塩に掛けた、窪島さんの人生そのものといってよいデッサン館。その純粋な愛情とはやや色合いが変わってきた「使命」が背に重なっていく無言館。

つまり、玉川氏はやはり窪島の仕事の本質は「キッド・アイラック・ホール」や「信濃デッサン館」にあるのであり、「無言館」はむしろまったくべつの使命感に基づいたライフワークではないかと語るのだ。絵や画家への愛とか共感とかいったものとはべつの、何かあえてそれをやり遂げねばならないと自らに科した宿命的な使命感。「無言館」を建設してからというもの、私があちこちのテレビの美術番組や報道番組に登場し、まるで「反戦平和」運動のリーダーか何かのように世間にまつりあげられてゆく姿をみて、玉川氏は何とも憤懣やるかたない思いを隠せないでいるのである。

三十五年来の盟友の「窪島論」にある「使命」という言葉にふれて、ふと我にかえる。なるほど、そうか、「使命」か。

あの昭和三十年代終わりにはじめた「キッド・アイラック・ホール」は、私にとって「表現と社会」、あるいは「創造と時代」の距離を身にしみて感じさせる場所でもあった。今のようなテレビ・メディアやユーチューヴのなかった時代、「自分の音楽」「自分の言葉」を他者に伝える作業は、そのまま「自分は現社会に対してどうあるべきか」「どう生きるべきか」という自問に直結していた。世田谷山の手の学生街にひっそりと誕生した私の「ホール」は、いわばそうした「自己表現に飢えた若者たち」がしのぎを削る主戦場でもあった。

そして、今や私に一つだけのこされた戦没画学生慰霊美術館「無言館」もまた、「ホール」同様、あの時代を生きた画学生たちが「余命」と「芸術」を競い合った主戦場なのである。戦争によって志半ばで逝った画学生たちの、死を賭して描いた絵には、飽食の現代に生きる画家たちの精神の糧となる何ものかがある。私はその「何ものか」を守ろうとしているのである。

ただ、たしかに自分でも気付かぬうちに、私の仕事はある眼にみえぬ「使命」をおびるようになったといえるのかもしれない。これまで何どもいっているように、それは戦没画学生のご遺族たちと交わした「かれらの作品をかならず無傷で次の時代に届けます」という約束であり、それが「無言館」を建てた私にあたえられた唯一絶対のミッションなのだ。私はこれまで、自分が信じる美しいもの、価値あるものを守るために「ホール」や「デッサン館」を営んできたが、「無言館」はちょっとちがう。「無言館」は画学生の作品が芸術的、造形的に秀れているから守られるのではなく、人間にあたえられた「何のために生きるのか」という不変の命題を忘れないために守られるべきものなのだ。

「信濃デッサン館」の夭折画家にしても、「無言館」の戦没画学生たちにしても、いってみれば美術史の隅からこぼれおちた影の画家たちであり、今もって近代美術史に正当な評価をもって掲げられている画家ではない。大正期の天才児といわれる村山槐多や関根正二、昭和期の松本竣介や靉光などはべつとして、戦後かれらの画業を正面から取り上げようとする美術館は少なかった。無名のまま戦火にたおれた戦没画学生も同じだ。私が収集した画家たちは、ほとんど歴史の底に埋没し忘れ去られることを約束された表現者たちなのだ。その意味では、かれらはあの戦時下においてさえ、つねに社会や時代に対して「自分はどう生きるべきか」という問いをぶつけて生きていた若者だったといえるだろう。

「無言館」は、かれらの夢を、希望を、無言の叫びを、出口のない十字架形の石箱に閉じこめ、そこから洩れ出してくる「絵を描くこと」の真実を一人でも多くの人に伝える使命をもつ。そういう点では、「キッド・アイラック・ホール」の五十二年間の仕事とも、「信濃デッサン館」の三十九年間の仕事ともまったく変わりがないといっていいのである。恥ずかしながら、私は七十七歳になった今も、「表現者」とともに不条理な時代に立ち向かう果敢な老マスターでありたいと思っているのだ（ちょっとカッコ良すぎるけど）。

そういえば、市立小樽文学館の「窪島誠一郎展」では小さな四六判のカタログまで出してくれているのだが、そこにもう一人、これまた私の四十年来の友人である世田谷美術館々長の酒井忠康氏が、やはり「使命」という言葉を使って玉川氏とは少しちがう視点から、はなはだ心地よい文章を寄せてくれている。

玉川薫館長のエッセイ「窪島誠一郎さんのこと」に目を通して知らされたのは、こんどの展覧会が信濃デッサン館、無言館の所蔵作品展ではなく、「無言館二〇年　窪島誠一郎展」となっていたことです。この二〇年間のあなたと無言館との関係は、ある意味であなたの人生の大事な課題のひとつになったことはたしかで、以前にもまして多忙をきわめているようすは傍目にもわかります。そこに生じた一種の使命感のようなものが、あなたを捕まえて逃れようのないことにしていったのではないか、と（その経緯や内実を知らない）わたしは想像しています。

（略）

ずっとあとのことですが、あなたの案内で無言館（はじめ各施設）をめぐりましたが、そのときに無言館で毎年六月に催している「無言忌」も、参加者の減少で先が思いやられる、と語っていましたね。まあ段々に遺族や戦争を直に知る人も亡くなってきたのは仕方のないこととはいえ、あなたはこのまま知らんぷりもできないので打開策を考え、いかに後の世代に「無言のバトン」を手渡したらいいのか――と、知恵をしぼっているようでした。

いずれにせよ、無言館にしばらくいたときの、あのシーンとした静寂は、どこからくるのか不思議に思いました。

（2019.10.1）

「東亜研究所」のこと

この連載の何回めかでもちょっとふれているけれど、私は戦時中に生き別れしていた実父の水上勉と、戦後三十余年も経った昭和五十二年六月に再会した男である。再会時私は三十五歳、父は五十八歳。今にくらべると、世の中の人がもっと本を読んでいた時代で、当時水上勉といえば売れに売れていた直木賞作家の一人だったから、私たちの邂逅劇は新聞や週刊誌で「奇跡の再会」だとか、「事実は小説よりも奇なり」だとかといった大見出しで報じられた。

その父については、私の最初の小説『父への手紙』（筑摩書房刊）や、『父水上勉』（白水社刊）をはじめ、あちこちの雑誌で書いたり喋ったりしているので、今回は父と再会して二ヶ月後に、やはり私と戦後三十余年ぶりの対面を果たした生みの母のことを書こうと思う。ただ、父との再会を新聞で知って私に会いにやってきた生母とは、私はその初対面のときをふくめて二どしか会っていないので、母のくわしい経歴や出自、水上勉と同棲して私をもうけた頃のことなどは、母が平成十一年六月に八十一歳で自死をとげたあと、私にとっては異父妹にあたる母の長女映子や、母の長姉とよの長男勉おじさん（加瀬勉さんは「三里塚闘争」の先頭に立って闘った人）、今も千葉で暮している母の末妹の和子おばさんたちにきいて知ったことである。

私は再会した有名作家の父とは（父の仕事場が上田に近い軽井沢にあったこともあり）時々会って食事をしたり、酒をのんだり、時には雑誌社の依頼で対談をしたりするほど親密な関係を築いたが、生みの母に対しては最後まで優しく接することができなかった。「会いたい」という手紙を何どももらいながら、再会後一どしか生母とは会おうとしなかった。母が嫁ぎ先の田無の家で首を吊って自殺した原因は、ふだんから不眠とウツ病に悩まされていたからだと映子も和子も口をそろえたが、私は何となく生母にとって、三十余年前の空襲の焼け跡から亡霊のように突然姿を現わした私という子が、とうとう母に最後まで笑顔をみせない冷たい子だったということも、その自殺にいくらか関係しているのではないかと疑っていた。

ま、そのあたりのことをくどくど書いていても始まらないし、書いていると気が落ちこむばかりなので、詳細を知りたい方には私の近著『母ふたり』（白水社刊）、だいぶ前の『母の日記』（平凡社刊）などを読んでもらうことにして、ここでは太平洋戦争開戦直前の昭和十六年九月二十日

（戸籍上は十一月二十日）、私を生んだとき二十三歳だった生母が、その頃どんな仕事をし、どんな生活をしていたかについて書いておきたい。

実母の名は加瀬えき（後年益子《えき》と名のった）といって、大正六年六月二十九日、千葉県香取郡東条村に生まれた人。生家は中流の小作人で、母は尋常小学校を卒業後しばらく家の農業を手伝っていたが、十六歳のときに本家との養子縁組をすすめる両親に反抗して上京、白木屋（日本橋にあった百貨店）の洋裁部につとめた。その後仙川（東京都調布市）にあった「東京計器製作所」の寮母にやとわれ、寮生の賄いをするようになるのだが、二十一歳のときになぜか、当時お茶の水駿河台にあった調査機関「東亜研究所」（通称「東研」とよばれていた）の臨時広報員となる。

「東亜研究所」とは、戦時中国家総動員体制のための計画を立案していた企画院（昭和十三年に国策に沿って近衛文麿が設立、昭和十八年に軍需省に再編、合併された）のいわゆる外郭団体の一つで、当時としては満鉄（南満州鉄道）の調査機関につぐかなり大掛かりなオルグの集団だったという。中国侵略にともなう〝一億総動員令〟のもと、ソ連、南方、中近東におよぶ地域を対象としたその調査能力は、侵略戦争のための国策機関として終戦まで重要な任務を果たした。どうやらえきは、最初はその「東研」の広報部で来客のお茶汲みやビラ撒きを手伝ったりしていたのだが、やがて持ち前の弁舌や作文力を買われて正規の研究員に抜擢され、アジ演説の草稿の下書きや企画書を作成するバリバリの女性研究員として重用されるにいたったらしいのである。

えきと再会後、私は一どだけ新橋のホテルで母子水入らずの夜をすごしたことがあるのだが、そのとき別れ際に手渡されたいわゆる母の「戦中日記」(私の手元にある数少ない遺品の一つ)に、こんなふうな記述がある。

昭和二十年十月一日
研究所設立五周年の記念式典、九段会館会議室にて挙行、小柴事務局長より「挙国思想統一」の訓辞を承わり、吾等研究所員らの志気、弥《いや》が上にも高まる。

一握の金満資本家による物資統制に、われら市民の生活苦を増幅させ、濁世の行方を余程混沌に導くものなり。一躍それら社会悪と戦うのが、敗戦より立ち上がる国民の真の闘争なりき。

一日一日贅沢を排除し、清貧にこそわれら日本国民の信義を見い出す勇気を持て。

敗戦の信を自らに問い、生活を戒め、労働者の生活向上を希求する日々を過ごすべし。

治安維持法、治安警察法等ファシズム的法規が撤廃され、愈々衆議院議員選挙法の改正、日本婦人の参政権が堂々認められる世となる。自給も灯火管制が廃止され、吾が民主日本に宵の明星が昇るに等し。

「戦中日記」といっても、大半はえきの、別れたわが子（私）に対する未練や後悔をつづった文章で埋められ、そんななかに何行かこうした研究所の集会か講習会でメモ書きしたものがアトランダム、かつ順不同で記されているといった具合なのだが、ついこのあいだまで中国侵略策いけいけどんどんの先鋒的役割を担っていた「東研」が、終戦数ヶ月後には、こんなに率先して民主主義的思想をうけいれていたのかと少しびっくりする。

ただ、あとから調べたところでは、当時「東研」には中国占領に寄与する研究ばかりでなく、人文、社会、自然科学の分野でのリベラルな研究者も多く名を連ねており、かならずしも軍部に無抵抗に従う調査マンばかりでなかったらしい。たとえば終戦後日中友好運動の先覚者と称された近衛内閣書記長の風見章や、華興銀行顧問だった岡崎嘉平太はじめ、「東研」時代の侵略協力の反省から「民主主義科学者協会」などの設立に寄与した理事や学者も多くいた。新聞記者から中国通として近衛内閣の嘱託となり、のちにソ連の諜報員ゾルゲの協力者という嫌疑をかけられて刑死した尾崎秀実も、自らの「国際的反戦活動」に資する情報を「東研」から得ると同時に、「東研」に自分に近い有能な研究者を送りこみ、研究所を自然科学の発展や中国の文化財保護の拠点にしようとしていた「東研」シンパの一人だった。

したがって、敗戦を機に「東研」が「政治経済研究所」と名称をかえ、翌昭和二十一年に自然解散するまでの、いわば急ごしらえといってもいい「民主化計画」は、そうした「東研」生えぬきの研究者たちの「侵略戦争に加担した自らへの反省」、あるいは「研究という名のもと、研究者がどのように軍部に協力するにいたったか、ひいては侵略戦争、植民地主義にまで力を貸すにいたったかを明らかにすることこそが民主化の一歩になる」という思いが原動力になっていたとみていいのだろう。

因みに、昭和二十一年二月二日に「東亜研究所従業員組合」名で出された宣言書を読むと、「東研」で働く者たちが敗戦にいたってもまだ研究所の活動継続をあきらめておらず、むしろ「新日本建設」に貢献するべく、さらに調査事業を拡大強固なものにしたいという気概にあふれていたことがわかる。

宣言書は、高らかにこううたっている。

科学的調査研究は民主主義再建の基礎である。反動的支配層による調査研究の歪曲は無謀なる戦争開始の誘因となり、遂に悲惨たる窮乏日本の現状を招くに至らしめた。我等調査研究に従事する者の責務重且大と言わなければならない。
茲に我等は一致団結して自主的なる従業員組合を結成し、地位の向上を図り、科学的調査研究の確立とその徹底的民主化のために邁進し、以て東亜研究所をして人民のための正しき科学的研究機関たらしめんことを期す。

一我等は人民のための科学的調査研究の確立を期す
一我等は調査研究機関の徹底的民主化を期す
一我等は調査研究従業員の社会的、経済的地位の向上を図り、生活の安定を期す
一我等は広く内外の民主主義諸団体と提携し、新日本建設の一翼たらんことを期す

生母の加瀬えきがいつ頃までこの「東研」に勤めていたかははっきりしないのだが、たぶん水上勉と知り合って私を妊娠する昭和十六年春頃までのことだったのではないか。生前一どだけえきが「おまえを産む前お茶の水のほうの会社に三年くらい勤めていたことがある」といっていたのをきいたことがあるから、逆算すればえきは二十一歳から二十四歳頃にかけて、約三年ほど「東研」で働いていたのではないかと推される。

関心がふかまるのは、「東研」を辞めたあとのえきのことだ。

当時、東京の新宿柏木五丁目（現・東中野）の安アパート「寿ハウス」に住み、「東研」から帰ると白木屋時代の洋裁の腕をいかしてミシン内職をしていたえきは、同じアパートの二階に住む貧乏物書き（その頃父は三笠書房で編集者をしていた）と出会い、やがて私ができて「東研」を辞める。結婚の許しを得るため、えきは大きなお腹をかかえて父といっしょに千葉県香取郡の生

家を訪ねるのだが、収入もないうえ酒呑みで結核を患っていた父をみて、えきの父親徳太郎が二人の結婚を許すわけはなかった。傷心を抱いて「寿ハウス」に帰ったえきは、未入籍のまま私を出産したあと、しばらくミシン内職で生計をたてていたが、毎晩飲んだくれて家に帰ってこない父との同棲生活の解消を決意、二歳になったばかりの私を、アパートの真向いの部屋に住んでいた明治大学法学部の学生山下義正さん、静香さん夫婦に託す。そして、義正さん夫婦は、以前から「子どもが欲しい」と言っていた明治大学和泉校舎前で働く靴修理職人の窪島茂、ハツ夫婦のもとに私を手渡すのである。その僅か三ヶ月後、義正さんは学徒出陣でフィリピンに出征し二十七歳で戦死するのだが、妻静香さんにのこした遺書の最後には、「窪島茂、はつさんのところで、凌《リョウ》（私の幼名）ちゃんが幸せになってくれることを祈る」という一行があったという。

えきが営団地下鉄（当時）のエンジニアの男性と結婚したのは昭和二十三年九月、つまり終戦から三年経ってのことで、えきは一男一女（私にとっては父親ちがいの弟妹）をもうけ、文字通り平凡で幸福な主婦の道をあゆむことになるわけだが、夫にも娘や息子にも（もちろん手放した私のことをふくめ）過去のことは一切話そうとはしなかった。家族だけではなく、後年えきが親しくなった詩吟仲間や書道の友だちにも自分の若い頃のことを話すことはなく、とりわけ「東研時代」のことは語ろうとしなかった。あたかも「東研時代」の、あの国策服従の思い出から、そして愛するわが子を手放したあの痛苦の青春の思い出から少しでも遠去かろうとするように。

それだけに、戦後三十余年の時をへて突如眼の前に出現した三十五歳の「凌」の姿は、えきが必死に覆い隠していた、あの時代の記憶の一切を背負った死者の蘇《よみ》がえりようにも思えたことだろう。「ごめんね、リョウちゃん、お母さんが悪かったの」「許しておくれ、弱かったお母さんを許しておくれ」。泣き叫びながら子の膝にすがりつくえきの肩を抱こうともせず、ただ黙って見つめるだけだった「凌」。二どめに会った「新橋第一ホテル」での夜、えきの問いかけに一言も発さぬまま、隣のベッドで身を固くして天井を見つめるばかりだった「凌」。そんなわが子の仕打ちは、文字通りえきにとっては変節を重ねた自らの「戦後」に対する、のがれようのない罪と罰のように思えたのではなかろうか。

気がつけば、生母加瀬えきが自ら命を絶ってもう二十年が経つ。

母の没年にアト三年という年齢になった私は、今更ながら、なぜあのとき自分は母にあのような態度をとったのか、なぜもっと優しくしてやれなかったのかという後悔のなかにいるのだが、あのときの私はああいう私だったのだというしかない。あのときは、ただただ、「自分を捨てた母」が憎かったのだ。文学ミーハーだった私は、有名作家の父のエゴは許せても、「私が悪かったの」と泣きじゃくる母は許せなかったのだ。しかし、「東研」でアジビラを書かせたら右に出るものがいなかったという女性闘士が、わが子の膝にすがってまるで幼女のようにいつまでも泣きつづけていた姿は、今も瞼から消えていない。もっとえきの肩を抱いてあげればよかった、せめて耳元で「会いにきてくれてありがとう」「苦労したんだねお母さんも」とささやいてあげればよかった。本当は自分だってそうしたかったのだから、という思いとともに、私の手を握りしきりと胸にあてていたえきの老いた身体の感触が、今も私の掌から消えようとしないのである。

正直、そんなわが子をえきはどう見ていたのだろうか。

じつは、平成六年(自死する五年前)の秋だったと思うが、えきは私の不在中に一どだけ上田の美術館を訪ねてきたことがある。まだ「無言館」ができていなかった頃のことで、えきは詩吟仲間と八ヶ岳の保養所で一泊した帰りに、友人の車で「信濃デッサン館」まで足をのばしたのだという。

えきは館の受付で、「私館長の誠一郎さんの母親、加瀬えきと申します」と名のり、大きな紙袋に入ったグレーの毛糸の手編みのセーターと、包装紙に「横芝ピーナッツ園」というシールの刷られた、千葉名産の落花生の袋を置いていった。前に一どもらったことのある「横芝ピーナッツ園」の落花生は好物だったが、手編みのセーターのほうは何となく私の趣味には合わなかった。

受付の女性の話だと、えきはゆっくりと館内の絵をみたあと、友人と近くの前山寺の三重塔の周辺を散策し、コーヒーショップでお茶をのんで帰っていったそうだが、

「そうか、来ることがわかっていれば、こっちの仕事をズラしたんだけどね」

パート女性の手前、私がそういうと、

「でも、館長の今度建てる美術館（無言館）のお仕事には、感心しておられましたよ。あの子はやっぱり戦争に流されてきた子だから、といって……」

「戦争に流されてきた？」

「そうおっしゃっていました」

「……」

私は黙ったが、ウラの事務所に入ってから初めて泣いた。

ところで、「東亜研究所」と生母加瀬えきに関しては、もう一つ報告しておきたいことがある。

たしか二年前の秋末だったと思うが、不朽のロングセラー『東京大空襲』（岩波書店刊）の著者であり、八十七歳になられる今も、戦争の実相を絵本の執筆や講演で後世に伝える活動をつづけておられる作家早乙女勝元先生から一通の手紙をいただいた。私がある劇団の公演のカタログに、自分の母親が戦時中の一時期「東亜研究所」に籍を置いていたことがあるという文章を寄稿したところ、たまたま早乙女先生がそれを読まれて手紙をくださったのだった。

手紙にはだいたい、こんなことが書かれてあった。

偶然拝読した貴方の文章のなかに「東亜研究所」の名をみつけ、その研究所に貴方の母上が勤務されていたことを知って、浅からぬご縁を感じました。

なぜなら、周知のごとく「東亜研究所」は終戦翌年の三月をもって解体され、解体の直前に「政治経済研究所」と改称されましたが、じつは現在私が代表をつとめる「東京大空襲・戦災資料センター」(東京江東区)の前身はその「政治経済研究所」であり、いいかえれば当センターは「東亜研究所」の存在なしでは生まれなかった施設なのです。年令的にいって、私は母上が勤務されていた頃の研究所を知る世代ではありませんが、センターのOBのなかには若かりし頃の母上のことを記憶している者もいるようです。「東亜研究所」については、全国的に多くの大学や研究所ですぐれた研究活動を行なっている人々や、著名な政治家などのなかにも、ここに関係した人が数多く輩出されていながら、今や知る人も少なくなり、いわば「幻の調査研究所」ともよばれる存在になっていますが、解散時に多くの研究者が掲げていた「調査研究事業は民主主義再建の基盤」という理念は、今も色褪せることなくわが「戦災資料センター」の歴史に脈々と生きつづけているといっていいでしょう。女性の社会進出もままならなかったあの時代、「東亜研究所」の一研究員として日夜奮闘されていた母上は、当時にあってはさぞかし進取的な行動力をもった日本女性だったにちがいありません。

いずれにせよ、貴方の旺盛な文筆活動や美術館経営の実行力には、だれもがご尊父の遺伝子がながれていることを疑いませんが、私はひそかに、そこには「東研」で活躍されていた母上の血も大いに影響しているのではないかと考えています。

これからもいっそう「無言館」の発展と、戦没画学生の作品の発掘にお力をお注ぎください。亡き母上のためにも。

（2019.11.1）

「檻の中」か、「檻の外」か

「無言館」の付属施設のなかで一番新しくつくられたのは、昨年二月二十五日にオープンした「檻の俳句館」である。「無言館」第二展示館を出て四、五分坂を下った市営駐車場のほぼハス向い、現在は休館のフダが下がっている「信濃デッサン館」の別館「槐多庵」（村山槐多を顕彰するギャラリー）のとなりにひっそりと建つ小さな建物がそれである。もともとは「保田春彦&シルヴィア・ミニオ・パルウエルロ・保田記念室」という、私の敬愛する彫刻家夫妻のメモリアル・ミュージアムだったのだが、先年春彦氏が他界されたことにともなって閉館、そこを急きょ改造リニューアルして「檻の俳句館」にしたのである。

はて、「檻の俳句館」（私の命名）、とは何と奇妙なと思われる人も多かろうが、ほんの十坪あるかないかの施設内に一歩足を入れた人はだれでも納得するだろう。そこには、かつて治安維持法によって不当に弾圧された俳人十七名の句作が飾られ、その一つ一つが黒塗りの鉄格子を模した「おり」に囲まれて展示されているのである。

私に「檻の俳句館」の開館を思い立たせたのは、昨年二月に九十八歳で死去した俳人金子兜太氏。その頃すでに病を得られていた兜太氏から、氏自らの揮毫による「俳句弾圧不忘の碑」を、どうしても私の営む「無言館」のそばに建てたいという申し出をうけたのがきっかけだった。海軍主計中尉として赴任した西太平洋トラック島での戦場体験が、いわば氏の句作の原点となっていたことはだれもが知るところだが、戦時下の国家権力によって「表現の自由」を奪われた俳人たちへの鎮魂と、そんな時代を二どと招いてはならないという希《ねが》いから提唱されたのが「不忘の碑」の建立だった。兜太氏は、同じように戦争で絵の道を断たれた画学生の慰霊美術館である「無言館」の敷地の一かくこそが、「不忘の碑」を建立するのに最もふさわしい場所と考えられ、以前から親交のあった私に協力をもとめてこられたのである。

金子兜太氏といえば、戦後俳壇の巨人とも反骨の荒凡夫ともうたわれる俳人だが、復員後発表された「水脈の果て炎天の墓碑を置きて去る」や、日銀勤務時代に詠んだ「銀行員ら朝より蛍光す烏賊のごとく」、反核句の記念碑的作品ともいえる「湾曲し火傷し爆心地のマラソン」などは、俳句オンチの私でも知っている名句だし、「無言館」をモチーフにした句もいくつも詠まれている。大俳人であるにもかかわらず、日頃はきわめて豪放磊落、独特の人なつこい笑顔が魅力的だった氏は、私のようなチンピラにも厚情をしめされ、熊谷のお宅にも何回かおじゃましたし、高崎の句会に飛び入り参加させてもらうほど親しくもさせていただいていたのだった。

とくに記憶にあるのは、氏が澤地久枝さんの求めに応じて、有名な「アベ政治を許さない」というプラカードの言葉を揮毫する二年ほど前の二〇一三年、「無言館」主催の成人式のゲストとしてお招きしたときのことだ。

その頃から集団的自衛権や秘密保護法に異議を唱えていた氏は、当日あつまった新成人の若者にむかって「国や政治家を信じていてはダメだ。君たち一人一人の頭で自分たちの将来をきめてほしい」「ぼくは結局国民投票が一番いいと思っているんだ。ただし、そのためには若い君たちにもっともっと日本の将来のことを真剣に勉強してもらいたい」、とても九十三歳（当時）とは思えぬ舌鋒するどいスピーチをしてくださったのだが、おどろいたのはその夜遅く、兜太氏ご自身からこんな電話がかかってきたこと。

「今日はあなたの美術館で政治の話はするべきではなかった。日頃から政治と画学生の絵は切り離して考えたいと言っているあなたの主義に反することをしてしまった。つい憤りにまかせてあんなことを言った私の未熟を恥じている」

私は携帯を耳にあてたまま、しばらく身体を動かせないでいた。

くわしい推移は知らないが、兜太氏の句境に、時の政治に対する視点が色濃く加わりはじめたのは、作家いとうせいこう氏と「平和の俳句」の選者になってからで、せいこう氏との公開対談のなかで、「今の状態には国家総動員法の時期と似たものがある。私はこれからは平和俳句に全面的に協力してゆく」と宣言したのは九十五歳のとき。日銀在職中から前衛俳句の旗手とうたわれ、若くして同志と『海程』を創刊、文字通り唯我独尊の俳句人生をあゆんできた国民的人気俳人が、最晩年にいたってこれまでいじょうに憲法九条にこだわり、脱原発、反戦の思想を貫く句作に身を投じられた姿に胸をつかれた人は多かったろう。私への深夜の電話は、そんな「句作」と「反戦」のあいだを揺曳《ようえい》する俳人兜太の、余命をかけた「変節」の告白だったことが、今になってわかるのである。

私は俳句についてはまったくといっていい門外漢だが、戦争中に反戦の句を詠んだ俳人らが多数検挙され、投獄される「新興俳句事件」や「京大俳句事件」があったのは知っているし、戦前に文学が弾圧され、「蟹工船」の作家小林多喜二が非業の拷問死をとげた事件も知っている。今度の石碑に刻まれた渡辺白泉の「戦争が廊下の奥に立つてゐた」や、橋本夢道の「大戦起るこの日のために獄をたまわる」や、西東三鬼の「砲音に鳥獣魚介冷え曇る」や、無言館のある上田にも近い小県郡青木村出身の栗林一石路が詠んだ「戦争をやめろと叫べない叫びをあげている舞台だ」などといった作品が、ちょっとした俳句ファンならだれでもうなずくはずの有名な反戦句であることも知っていた。

おそらく終生を賭して戦後自由律句の先導者でありつづけた金子兜太氏は、そうした反戦句に殉じた十七名の同志の碑の建立を通して、今自分たちが置かれている自己表現抑圧の危機を訴えたかったのにちがいない。今ここにある時代こそが、「戦争をやめろと叫べない叫び」のじゅうまんする世の中なのではないか、九十余歳の声をふるわせそう伝えたかったのにちがいない。

ともかく、そんな経緯をへて、昨年二月「槐多庵」となりの庭に、金子兜太氏念願の「俳句弾圧不忘の碑」は建立されたわけなのだが、そのときに病床の氏にかわって碑建立の実現に走り回ったのが、兜太俳句をこよなく信奉し、一茶研究や俳句論の著書もある長野市在住フランス生まれの俳人マブソン青眼氏だった。兜太氏の「建立する場所は無言館のそばがいい」という要望をうけ、最初はまず無言館に隣接する上田市山王山公園が候補にあがったのだが、残念ながら市との交渉は不調に終り、その頃兜太氏の病状がかなり重篤であることを知ったマブソン氏は、急ぎ私のところに無言館の敷地内での建立を願い出る。そして、そうした建立地探しのいっぽうで、支援者とともに関係者二千四百余名に手紙を送り、建立にかかる費用の寄付金あつめにも奔走するのだ。早いはなし、私はそんな兜太ダマシイが乗り移ったかのような青い眼の俳人の情熱にすっかり感激、一も二もなく申し出を諒承し、「槐多庵」よこの猫のヒタイほどの土地に高さ約二メートル、黒御影石づくりの「俳句弾圧不忘の碑」が建てられることになったのである。

正確にいえば、市内の老舗石材店さんのがんばりで、低予算かつ上石質の「不忘の碑」が完成したのは、昨年正月早々のことだったと思うのだが、正式に世間にお披露目する除幕式は、どうせだったら目前に近づいていた「信濃デッサン館」での第三十九回「槐多忌」(全国から槐多ファンがあつまる恒例行事)がひらかれる二月二十五日にしたらどうか、と提案されたのはマブソン氏だった。一人でも多くの人に「不忘の碑」の存在を知ってもらうには、毎年北から南から数百名の人々が参集する人気イベント「槐多忌」を利用しないテはないのではないか。

それに、長男の真土《まつち》さんからの報告によると、このところ金子兜太氏の体調は奇跡的に回復にむかっていて、本人はこの「不忘の碑」完成を自分の眼で見届けたいと意欲満々のようす。もし除幕式が二月二十五日にひらかれるのであれば、熊谷から車椅子専用の自動車に乗って駈けつけたいとまで言っているそうなのだ。

「ウレシイですねぇ、この碑の完成が先生に命を吹きこんだんですねぇ。いや、あの弾圧と戦った俳句詠みたちの俳句魂が、先生を元気にさせたのかもしれない。クボシマサン、これからはデッサン館の行事が一つふえることになりますよ。毎年二月の第四日曜日は、『槐多忌』と『不忘の碑建立記念祭』のダブル開催でゆきましょう」

ちょっぴりブルース・ウィリス似、白いYシャツからチラリ胸毛がのぞくマブソン青眼氏の、青い眸《め》がなおさら青く輝いてみえる。

しかし（マブソン氏にはくわしくいっていなかったが）、残念ながらもうそのときには、三十九年つづいてきた私の「信濃デッサン館」のコレクション譲渡話がすすんでいて、半月後の三月十五日をもって長期休館に入ることが決定、来年「槐多忌」がひらかれるかどうかは不確定な状況にあったので、マブソン氏がいうような「不忘の碑建立記念祭」とのダブル開催はムリなのだった。むしろ私としては、「槐多忌」が終了した翌年からの新プランとして、全国から三々五々戦争下の作句に命をささげた俳人たちをしのぶ俳句好きが集うその日を、新しい「表現の自由を守る決意」を確認する記念日にしてみたらどうかな、などと考えていたのである。

そして、そのときふと私の頭のなかに、こんなアイディアがうかんだのだった。これを機会にすぐよこにある「保田春彦＆シルヴィア・ミニオ・パルウエルロ・保田記念室」をリニューアルして、「不忘の碑」にきざまれた俳人たちの鎮魂の館にしてみるのも悪くないな。それも当り前の展示施設では面白くなかろう。かれらが詠んだ抵抗の俳句を、かつての治安維持法を象徴するような黒い木製の「おり」で囲んでみたらどうか。そうすれば、当時かれらが置かれていた理不尽な言論弾圧の時代がもっと視覚的にはっきりとうかびあがってくるのではないだろうか。名付けて「檻の俳句館」――というのはどうだろう。

計画を話すと、マブソン氏が小膝をうつ。

「クボシマさん、それはいい案ですね。石碑代が予定よりだいぶ安く済みましたから、まだ寄付金がいくらか残っています。それをリニューアルの費用に使ってください。何より病をおして除幕式に駈けつけて下さる金子兜太先生への最高のサプライズ・プレゼントになりますよ。『檻の俳句館』ですか、何だかワクワクしてきました」


てなわけで、文字通りの突貫工事で「春彦&シルヴィア記念室」（いずれお二人の作品はどこかに再展示するつもりだが）が「檻の俳句館」に変身したのは、除幕式が行なわれるほんの数日前のことだった。それまで保田春彦さんシルヴィアさんの素描や彫刻がならんでいた室内には、「俳句弾圧不忘の碑」に刻名された十七名の俳人たちの（反戦句としての）代表作が白いパネルに印字されて飾られ、その一句一句がまるで留置場の鉄格子を思わせるような「おり」のなかにとじこめられている。「おり」の前に立つだけで、格子のむこうから俳人一人一人の絶叫がきこえてくるような幻覚におそわれる、何ともふしぎな「俳句館」が誕生したのである。

まだオープンして一年ちょっとの新施設なので、「無言館」は知っていても「檻の俳句館」は初耳という人も多いだろうと思うので、ざっと内容の詳細を紹介しておこう。

まず、「俳句館」に入るとすぐのところにこんな挨拶文が掲げられている治安維持法制下、戦争や軍国主義を批判、風刺した俳句等を作ったとして、四十数人の俳人が投獄されました。

彼らの犠牲と苦難を忘れないことを誓い、再び暗黒政治を許さず、平和、人権擁護、思想・言論、表現の自由を願って、この「檻《おり》の俳句館」を開きました。

しかし、もしかすると、かつて弾圧された若き俳人達は、私達よりも心が自由だったかもしれません。現代の私達こそ、檻の中で生きているのではありませんか。


サビの部分というとおかしいけれど、最後の「もしかすると」以降の数行はマブソン氏との合作だったと思う。

私たちはこうした治安維持法下で弾圧された俳人たちの悲劇を、戦争という時代の特殊な状況下に起こった遠い出来ごとと思いがちだけれども、じつは今私たちは、すでにその「暗黒政治」一歩手前の世の中を生きているのであり、知らぬうちに私たちの「表現の自由」は、眼にみえぬ鉄格子のなかにとじこめられつつあるのではないか。そういう意味では、どんな弾圧にあっても果敢に反戦句にいどみつづけたかれらのほうが、今の私たちより何倍も「自由」を謳歌していたといえるんじゃないだろうか、といういわば「檻の俳句館」が一番伝えたいライトモチーフが、ここに綴られているのである。

そして、「俳句館」の「おり」のなかに展示されている俳人はつぎの十七人である。

秋元不死男、新木瑞夫、栗林一石路、井上白文地、中村三山、西東三鬼、嶋田青峰、杉村聖林子、石橋辰之助、橋本夢道、平畑静塔、古家榧夫、細谷源二、三谷昭、渡辺白泉、仁智榮坊、波止影夫

一人一人のくわしい経歴ははぶくけれども、十七人のうちの約半分はいわゆる「京大俳句」の創刊にかかわったり、参加して会員になったりしている俳人で、いかに当時の「京大俳句」が一連の「新興俳句弾圧事件」の中枢をなす存在だったかがわかるというもの。他の半分の俳人は「京大俳句」には入っていなかったものの、時局を風刺したり反戦を詠んだりする新興俳句運動に連座していたという罪で、次々に逮捕、投獄され、うち嶋田青峰や芝不器男は、苛酷な留置生活によって健康を害し、釈放後に六十二歳、二十七歳で死んでいる。

では、当時の地方行政の長京都府知事を中心に、「京大俳句会」を犯罪集団、共産主義運動ときめつけ、五七五の極小の文学活動にまで取り締りを拡大した治安維持法とはいかなる法律だっ

たのか。そもそも治安維持法は、大正十四年一月、米騒動後の社会主義運動の再発を抑えるために、一ど廃案となっていた過激社会運動取締法案と治安維持法を併せて議会に提出し、激しい反対運動を押しきって成立したものだったという。その後処罰対象がどんどん拡大され、終戦後の昭和二十年十月に廃止されるまで、ほぼ二十年間にわたって国民の思想、結社、運動の自由、民主主義弾圧の治安立法として猛威をふるったのだが、それにしても、この法律の実践にかかわった特高警察などの公安組織に、「俳句」を解釈し論じる能力のある者がどれだけいたのかという疑問がのこる。

今では広く知られた話だが、特高警察がいかに「俳句」に対して無知のまま、ほとんど牽強付会にして「こじつけ」としかいいようのない解釈を弄して、当時の俳人たちを強引に検挙していたかを示すこんな話がある。

「京大俳句」や「天香」という新興俳句運動に加わり、早くから目をつけられていた西東三鬼（神田共立病院の歯科部長だった）が、胸部疾患という病をかかえた身で検挙されたのは、昭和十五年の八月だったが、そのときに当局が検挙の理由にあげたのは三鬼のつぎの作品だった。

昇降機しづかに雷の夜を昇る

だれが読んでも、雷鳴のとどろく夜に静かに昇ってゆくエレベーターの上下する光景をとらえた自然詠なのだが、当局は何とこの句を「雷の夜すなわち国情不安な時、昇降機すなわち共産主義思想が静かに台頭する姿を詠んだ確信犯的な句」とし、「新興俳句は暗喩オンリーであり、暗号によって『同志』間の連帯意識を高めようとしている」と断定して三鬼を逮捕したのである。これには後年、西東三鬼自身が「あまりの拡大解釈に呆れかえって笑うにも笑えなかった」という感想をもらしたほどだった。

そのとき三鬼が七十日間にわたって留置されたのは京都府警松原署で、特別室とよばれた監房。三鬼は戦後、自らの検挙事件について『俳愚伝』や『現代俳句思潮と句業』といった著書にくわしく書いているが、そのなかで収監された監房を「芝居でみる江戸の牢屋のような、太い格子作りで、正面に高い小さな窓があるだけで暗かった」と描写している。戦後七十余年、ふたたびかれらの句を「檻の俳句館」にとじこめようとしている美術館屋のアイディアを、泉下の三鬼はどんな顔をしてみていることか。

「檻の俳句館」は二〇一八年二月二十五日に晴れて開館の日をむかえたのだが、その五日前の二月二十日（奇しくも村山槐多と同じ命日）に「俳句弾圧不忘の碑」の揮毫者である俳人金子兜太氏は九十八歳で死去された。真土さんの話では、本人は本当に直前まで碑の除幕式への参列に意欲を燃やしていたそうなのだが、残念ながらその夢は叶わなかった。同時に、「不忘の碑」のかたわらに突然オープンした「檻の俳句館」をみてもらい、氏をビックリさせようと楽しみにしていた私やマブソン青眼氏の夢も叶わなくなった。

ただ、この奇妙な「俳句館」の誕生は、俳句をやる人のあいだでは徐々に知れ渡っているらしく、時々「無言館」に「おりのほうは開いていますか？」なんて問い合せがある。人手が足りないので、今のところは事前予約制、「俳句館」には常駐の者を置くことができない（つまり看守不在！）状態なのだが、接見の要望があるたびに「無言館」の受付嬢がカギをもって「俳句館」に走るのである。

「無言館」で戦没画学生の遺作、遺品にふれたあと、現在の自分が「檻の中」にいるのか、「檻の外」にいるのか、確かめたいご仁はぜひ一どご来訪を。

（2019.12.1）

「センセイ」その後

早や二〇二〇年新春の到来である。

歳をとると月日の経つのが早くなるというが、まことにその通り、時の流れは無常迅速、とりわけ去年は、元号が平成から令和に変わる狂騒の年でもあったので、そのスピードたるや甚しかった。

では、去年の自分はいかなる一年を送ったかといえば、とにかく病気、病気の連続でサンザンだった。一昨年夏手術したがんの転移検査を二ど無事パスしてホッとしたのも束の間、四月末には間質性肺炎にたおれ（その後の診断で病名は急性過敏性肺炎に変更されたが）、地元上田にある信州上田医療センターに約一ヶ月間、その後転院した東京慈恵医大病院での入院生活も一ヶ月ちょっとにおよんだ。そんな病臥にあっても、かねてより準備中だった「無言館」に収蔵されている戦没画学生のうち百名の優品ばかりをあつめた作品集『いのちの繪一〇〇選』（コスモ教育出版）を刊行し、その他にもエッセイ集と詩集を一冊ずつ上梓したのだが、どれも前年中に脱稿して出版を待つばかりになっていた本だったので、これらを今年の仕事の「収穫」に加える気持ちにはなれない。じっさい入院中は、進行中の何本かの連載の締切りを守るのがやっとで、退院してからもしばらくは講演や人前に出る仕事を一切断わり、それまで週一どは出ていた美術館の受付にもほとんど座ることができなかったのだから、どうみても私には災厄の一年だったというしかないだろう。

そんな去年、私にとって唯一の「収穫」といえたのは、いつかこの連載でもふれたが、四月から大阪河内長野市にある大阪千代田短期大学、同大学附属暁光高校に月一回講義（まあ雑談のような講義だが）をしに通うようになったことである。前稿でも書いたけれど、私は元来「センセイになるくらいだったら死んだほうがマシ」と放言していたような男で、永年のポン友である理事長のT氏から熱心に誘われるまでは、まるで「教育」とか「学校」とかいったものには関心のなかった人間なのだが、いざ十七、八の若い生徒たちの前で話をしてみたら、すっかりそれにハマってしまい、今では月に一ど中央本線と新幹線を乗り継ぎ、上田から六時間かけてかれらに会いにゆくのが楽しみ、といった状況になっているのである。

何が楽しいかといえば、かれらの邪気のなさというか、ほとんど無心奔放といってもいい授業態度がいい。べつにかれらが勉強に熱心だといっているのではない。ともかく関心のないことにはまったく関心を示さず（当り前だが）、いったん興味をもったことには全身を耳にして私の言葉に挑みかかってくる、その真ッ正直さがいいのだ。

私の講義といえば、毎回「無言館」の画学生のなかから二、三人をえらんで、その作品をプロジェクターで紹介し、まず生徒たちに思いつくまま自由に感想を語ってもらい、そのあと私が画学生たちの簡単なプロフィールを伝える。画学生が幼い頃どんな性格の子だったかとか、いつどこの戦地へ行って何歳で戦死したとか、戦死した状況がどうだったとか、出征する前にプロポーズしていた大好きな恋人がいたとか、戦地に発つ直前まで可愛がってくれたお婆ちゃんの絵を描いていたが、とうとう時間切れでその絵は完成しなかったとか、そんな情報を伝えるのだ。すると、それまで抱いていた生徒たちの絵に対する観方《みかた》が大きく変化する。最初は「キレイな青空だ」としかいっていなかった子が、「何だか悲しそうな空にみえる」に変わり、画学生の「自画像」についても「考えゴトをしている表情にみえる」といっていた子が、「これは戦争にゆく覚悟をきめたあとの顔だと思う」といったりするようになる。逆に出征前に描かれた一家だんらんの「家族」の絵を観て、「この人はこの絵を描くことに集中していて明日行く戦争のことなんか考えていなかったと思う」なんて至言を吐く生徒も出てくる。

何より清々しいのは、かれらが「無言館」の画学生を「戦争犠牲者」というういじょうに、あの時代に好きな絵を描きつづけていた同世代者としてうけとめているところだ。私がいくら力コブを入れて「戦争」や「平和」を語っても、生徒たちの眼は画学生が描いた「夕焼け」や「海の光」や「学生帽の自画像」や「浴衣姿の妹の姿」に吸いついて離れない。七十余年も前の「戦争」という歴史に実感をもちようのない十七、八歳の子たちには、「戦争」がもたらした悲劇よりも、そうした時代にあっても絵筆を捨てなかった若者たちの青春が、今自分たちがサッカーやゲームに興じるのと同じ「自由」を謳歌する日常のようにみえるのかもしれない。

そんな生徒たちの、ふだん口にしない言葉の多くにふれることができたのは、夏休みの終わり頃に暁光高校の「平和サークル」のメンバーが図書室の一隅でひらいた「わたしたちと窪島誠一郎の手づくり絵画展」（少々長いタイトルだが）によってだった。

説明すると、この展覧会は私が肺炎に罹って入院し、どうしても二回続けて講義に出られなくなったため、担任のW先生と相談して計画した「平和サークル」有志によるプチ「無言館」展だった。「無言館」にある二人の被爆画学生手島守之輔（昭和二十年広島で被爆し三十一歳で死去）と伊藤守正（同年長崎で被爆し翌年二十四歳で死去）の、それぞれ八点ずつの比較的小さな作品を暁光高校に送り、メンバーたちに会場づくりから作品の展示、説明パネルの文案、パンフレットの制作までの作業一切をまかせ、すべてをかれらの考えとアイディアによってつくりあげた文字通りの「手づくり絵画展」である。

そのときかれらがつくったパソコン打ちのパンフレット「わたしたちと窪島誠一郎の手づくり絵画展―ふたりの被爆画学生の〝青春〟を観る」には、生徒たち一人一人が自分の好きな作品の前に立って（インスタ映えする？　絵の前に立って）写真を撮り、そこに思い思いの文章を寄せているのだが、そのなかからいくつかを紹介してみる。

まず、広島県竹原市に生まれ、東京美術学校（現・東京芸大）油画科を卒業後、一時帰郷して美術教師になったが、臨時召集により応召、原爆投下の当日広島に入って被爆死した手島守之輔の「自画像」について書かれたT・E君の文章―。

僕はこの絵をみたとき、風邪をひいて体調が良くなかったのだが、それでも引き込まれる魅力が、この絵にはあった。

その理由を考えているうちに、光の当り方に気づいた。右側は光があるのに、左側は暗い。僕が怖くて嫌いな、ピエロの顔のように感じた。

笑い顔と泣き顔がピエロにはある。

この絵にも、光と闇がある。

両者はどこか似ていて、不気味だ。でも自分がなぜ、その不気味な「自画像」に惹かれたのかはわからない。


同じ手島守之輔が描いた「山の風景」についてのY・M君の文章――。


なんともいえない安堵感があった。

この絵、見れば見るほどセピアカラーに見えてきませんか?

「セピア色の思い出」というように、しばしば思い出や記憶などの言葉と共に用いられる「セピア色」。

特に何をするわけでもなしに、昔の記憶に思いを馳せてボーッとしているような心地よい感覚に身を包まれたような気がした。

安堵感の正体は、きっとそれなのだろう。

もう一人、東京赤羽に生まれ、東京美術学校（現・東京芸大）工学科図案部に入学、学徒出陣のため繰り上げ卒業して応召、昭和二十年原爆投下翌日の長崎に入って被爆死した伊藤守正の「川のある風景」について書いたE・Iさんの文章――。

この絵をみたとき、心が洗われたような、癒しの感覚でいっぱいになった。

正直、この絵のどこの部分がいいとか、細かくはわからなかった。今でもありそうな風景だけど、橋が架かっていないことで昔の人が描いたものだと感じた。なぜか落ち着き、私はこの絵の虜にされた。もし今この場所が存在するのであれば、毎日通いたいくらいである。ごく普通の風景が、私に「平和な時間だった」と伝えてくれている。そんな気がした。

伊藤守正の「樹のある風景」については、S・Iさんがこう書く。

私がこの絵を選んだ理由は、他のどの絵よりも自分のために描いているような気がしたからだ。伊藤守正の「樹林」という作品も同じように「樹」を描いているが、「良い作品」というイメージが強い。反対に、この絵は入営前日というのもあってか、「良い作品」をつくろうというよりも、自分の想いや感情を直接ぶつけた絵のように見える。この絵は、伊藤守正が得意とした茶色が多く使われている。そしてその茶色は、生《ナマ》のままの色を多く使っているように見える。これも「最後の絵だから」と思っていたからかもしれないと感じた。

もう一つ、不思議に感じたことがある。空の色の下に塗られているのはごく普通の青なのに、上から濁った色がいくえにも重ねられている。戦争に不安を感じていたからなのか、それとも死を覚悟していたから青色の空を描きたくなかったのかな、とも考えた。でも、なぜ一ど塗ったきれいな青色を濁った色で塗りつぶしたのかは、本人に聞いてみないとわからない。

こういった具合に、パンフレットには総勢十数名の「平和サークル」の生徒たちの、二人の被爆画学生に対する「私信」というか「伝言」というか、きわめてストレートで気負いのない言葉が綴られている。もちろん、まだ幼い子たちの文章だから、その表現や語法はもどかしいほど未熟なのだが、それがむしろ身の丈大の作品論になっていて気持ちがよい。かれらは、まるで隣にいるクラスメートに話しかけるように、手島守之輔や伊藤守正に「あなたの絵をこんなふうに観た」「こんなふうに感じた」と伝えているのだ。そしてそれは、「戦後七十余年」という（かれらにとっては）大河のような時間をはさんだむこうにいる仲間たちとの語らいでもあるのである。

こういうのを読んでいると、日頃私ら美術業界人が手にする展覧会図録や画集に掲載されているいわゆる学芸員サンたちの、やたらに難しい美術用語やカタカナ語の出てくる「評論」や「解説」が、いかに味気なく心に入ってこない文章であるかということに覚醒させられる。ときとして展覧会を観てじゅうぶん感動したのにもかかわらず、なまじ図録の文章を読んだためにその感動が帳消しになったなんていう経験もある。全部が全部そういうものばかりではないけれど、あいう学芸員サンだけが内輪で盛り上っている、ある種「評論」弊害とでもいうべき慣習は、そろそろ考え直さなけりゃならないときがきているんじゃないか。

また、これは担任のW先生とも意見一致したのだが、生徒たちは今回の「手づくり絵画展」をひらくにあたって、じっさいに七十余年前に被爆死した二人の画学生の作品に直に触り、眺め、その重さや大きさや塗られた絵の具の厚み、絵の匂いを体感したのである。それは、これまで教科書や黒板の文字でしか見たことのなかった「戦争」や「原爆」の遺留品の感触を、生徒たち自らの目と手で確かめたということに他ならない。これはけっこう貴重な体験になったんじゃないだろうか。

パンフの後ろのほうに、今回の展覧会についてのメンバーの総まとめの感想がのべられているが、さっき伊藤守正の「樹のある風景」のことを書いたS・Iさん（それにしても、この娘のスカートはおっそろしく短い。何とかならぬものか）とR・N君（こちらはネクタイの似合う小顔のイケメン）の「総括」の一言が印象ぶかい。

会うことはできないけれど、生きた時代は違うけれど、あなたたちの描いた絵で私たちは絵画展を開くことができました。あなたの想いを想像することができました。あなたたちのどの絵にも、あなたたちのプライドがありました。心から感謝します。（S・Iさん）

若い歳で命を失い、夢を失ってしまった伊藤守正と手島守之輔には、成し遂げたかった未練があったはずである。そう考えると心が痛い。没後、約七十年いじょうの時を経て、この展示会で飾られた自分の絵を天国からみてどう思っているのだろうか。おそらく、嬉しいと思ってくれているだろうと、僕は感じる。（R・N君）

―というわけで、私の二〇一九年は、この大阪河内長野市の高校生たちがひらいた「手づくり絵画展」で持ち切りの一年だったのだが、もう一つ、印象にのこった若者がらみの出来ごとがあった。

大きな台風がきていた九月二日、はるか沖縄県の八重瀬町立東風平《こちんだ》中学校の三年生たち百数十名から、とつぜん「無言館」にあてたかもめーる抽籤《せん》番号つきの葉書がドッサリと送られてきたのである。どの葉書も、一通一通中学生たちが精魂こめて色鉛筆やボールペンで書いたもので、内容は「無言館は大切な美術館」「無言館ガンバレ」「もっとお客さんが来ますように」といった館への熱いエール、応援のメッセージだったのだが、文面から推察するところ、どうやらかれらはまだじっさいの「無言館」にはきたことがないらしく、書かれている文章や、そこに添えられている「無言館」の建物や周辺の山々の絵なんかも、どこかぎこちない想像画のような感じがする。

そこで、あ、と気がついた。

現在全国で使われている文科省指定の中学三年の国語の教科書に『無言館の青春』（二〇〇六年講談社刊）という私の本の一部が紹介されているのを思い出したのである。もう三、四年前になると思うのだが、「無言館の青春」が中学校の教科書に採用されるときいて、著者である私自身がへぇ、と思ったことを覚えている。とすると、東風平中学校の子どもたちは、授業の一環で（先生の指導で）その本をテキストにして、まだ行ったことのない信州の「無言館」に応援の葉書を書いてくれたのかもしれなかった。

「無言館」が教科書に載ったということについての感想はさておくとして、私はこんなふうに三学年の生徒全員に「無言館」に葉書を書かせた担当の先生に興味をもった。というか、先生はどんなふうに「無言館」を説明しているのだろうと思った。生徒たちの葉書が、あまりに従順に素直に「無言館ガンバレ」というメッセージを送ってくれていたからである。「無言館は反戦や平和を祈念するためだけの施設ではない」「青春を絵画と戦争に費した画学生は、今何を私たちに教えてくれているのだろう」。まだ訪ねたことのない「無言館」にこのような言葉を送ってくれたということは、先生がそのように「無言館」の意義や使命を生徒に教えてくれていたからなのだろう。

そこで気になったのは、先生は「無言館」にきてくれた人なのだろうかということだった。何しろ沖縄の中学校の先生だから、二千キロいじょうも離れた本土信州の「無言館」にきたことがなかったにしても、それを責めるわけにはゆかない。先生もまた『無言館の青春』を読んだ読者のひとりで、その感想を生徒たちに伝え、語り合い、その結果「みんなで無言館に葉書を出そう！」ということになったのかもしれない。たとえ先生がじっさいに「無言館」にきた経験のない人だったにしても、私はその先生に感謝しなければならないのである。でも、できれば先生だけでもこの美術館に足を運び、画学生たちの絵をじっさいに鑑賞し、その感動を生徒たちに伝えてくれていたほうが何倍もうれしい（暁光高校の場合は、W先生以下校長先生、教頭先生、みんな夏休みを使って自費で来館してくれていた）。私は眼の前にドサリととどいた百数十通ものかもめーる郵便を前にして、そんなふうに思ったのである。

ある日、私を「教授」に招いたポン友のT理事長にそういったら

「ハハ、そりゃセンセイ（注・カタカナの場合は私を指す）贅沢というモンです。たしかに今回は無言館を訪ねていないかもしれないですが、いつかかならず来館される人たちです。私は沖縄のその先生に拍手をおくりますな。教科書を読んで生徒に手紙を書かせるなんて、なかなかいいアイディアですよ。それに、沖縄から無言館を激励する便りがとどいたということは、私たち内地の者が考えるいじょうに意味のあることだと思います」

なるほど、なるほど……。

因みに、東風平中学校からとどいた大量のかもめーる（正確には百三十二通）の抽籤番号を近くの郵便局で調べてもらったら、一通だけ一枚六十三円の切手シートが当っていた。

当たりの葉書を送ってくれたのは、三年六組の知念悠記美（仮名）さんで、彼女の書いてくれた「無言館」へのエールはこんな文章である。

遠い沖縄から「無言館」を見ています。「無言館」も沖縄を見ていて下さい。

（2020.1.1）

短いあとがき

一冊の本を出すことは一通の遺書をのこすこと、とは、ある物書きの先輩からきいた言葉だが、私はまだそんな境地には達していない。アト何年生きるかわからないが、急に明日、明後日あの世にゆくとは思っていないので、まあ不満足な文章であってても次の本で直せばいい、訂正すればいいといった甘い考えなのである。

だが、何たってここ数年のうちに、クモ膜下出血、がん、間質性肺炎におそわれた正真正銘の老齢病者だから、活字になる一言一句が命の欠片《かけら》であることはたしかだろう。今回上梓させてもらったこの「無言館の庭から」が、果たして将来、書き直しも訂正もされない文章であるかどうか、ただ私は審判を待つばかりなのである。

最近、「無言館」は死者である画学生と、生者である来館者との、いわば今生と冥界とをむすぶ交信の場なのではないかと思うことがある。来館者は無意識のうちに、戦死した画学生の絵に自らが喪《うしな》った友、肉親、今は亡き人々の思い出を重ね合わせ、死者たちに「私はまだ生きていますよ」と報告にきているのではないかと。本文中にも出てくる俳人金子兜太氏の晩年の遺句に、「妻よまだ生きます武蔵野に稲妻」というのがある。「妻」を「無言館」にすれば、ちょうど今の私の心境である。

二〇二〇年一月十五日　窪島誠一郎

窪島誠一郎（くぼしま・せいいちろう）

1941年、東京生まれ、父親は小説家の水上勉。戦没画学生慰霊美術館「無言館」「信濃デッサン館」館主、作家。『「無言館」ものがたり』（講談社、サンケイ児童出版文化賞）『鼎と槐多』（信濃毎日新聞社、地方出版文化功労賞）を始め、太平洋戦争に出征した画学生や夭折した画家の生涯を追った著作、父との再会や晩年を語る多くの著作で知られる。第53回菊池寛賞受賞、平和活動への貢献に与えられる第1回「澄和《とわ》」フューチュアリスト賞受賞。

「無言館」の庭から

2020年3月20日　第1刷発行
著　者　© 窪島誠一郎
発行者　竹村正治
発行所　株式会社かもがわ出版
〒602-8119　京都市上京区堀川通出水西入
TEL075-432-2868　FAX075-432-2869
振替 01010-5-12436
ホームページ http://www.kamogawa.co.jp
製作　新日本プロセス株式会社
印刷　シナノ書籍印刷株式会社

ISBN978-4-7803-1081-8　C0095